清らかな川の町

花街の小さな女戦士

岩崎美枝子

菜の花

目次

第一章　清らかな川の町

キヨカワのお化け屋敷

（福岡市長賞受賞作）

この川は昔、清川という花街を写す鏡だった。沢山の酔っ払いの小便とその男たちに群がる女達の涙を呑み込んだ。そして、私達三姉妹を生かした。

昭和三十一年の売春防止法制定に伴い、昭和三十三年に赤線が廃止された。博多の遊郭街だった新柳町は昭和三七年に「清川」と町名変更され、遊郭、女郎屋もひそかに名をかえ、カフエー、バー、クラブとなった。昭和五十年、新幹線開通で博多駅の開発が進むと、賑わいは中洲へと移って行った。

清川のロータリーの角にある私達の棲家も、女郎屋から「カフエーふじ」となり、常連客と隣接の「キャバレー月世界」の流れ客でなんとかやってこれた。中洲の繁栄でだんだん客足が遠のくにしたがって、ホステスもどんどんいなくなった。母はこの店の女将で、本名は徳子だったが町の人からは「カオル姉さん」と呼ばれていた。父は、一六〇センチもない小男で、この時代には珍しく頬にシリコンを入れ、宍戸錠の真似ばかりしていた。母は一七〇センチ近くの大女で、ごつごつした顔と根性者の証であるしゃくれあがった顎をしていた。町の人からは苦労人の働き者として通っていた。父は名目上、店のマネージャーだったが、店にも家にも寄り付かず、美容院の女と暮らしていた。

家は古く、迷路のように細い廊下が走り、たくさんの小部屋があった。店のホステスたちも行き場のない枯れた女達で、最後までここで頑張ってくれた三人は、私達三姉妹の面倒を良く見てくれた。長老のミヨちゃんは、色黒で背が高く「オカマ」、二番手の加代ちゃんは着物を着るためにいつも髪を天高く結い上げていたので「蟻の尻」、三番手の一番ヤングの四十歳のミキちゃんは体格が良く薔薇の刺青をしていたので「墨入りの力士」と呼ばれていた。

一階は店、二階には両親と祖母と私達三姉妹が暮らし、違法建築で建て増しした三階にはミヨちゃんと加代ちゃんとミキちゃんが住み、合計九名がぎゅうぎゅうに暮らしていた。

私が四つの頃の清川町は、錆びれかけたとはいえ、まだたくさんのお店があった。夜になれば年配の酔っ払いがぱらぱらと歩き、それを店に連れて行くために厚塗りのおばさんが十メートル置きに立っていた。夜とはいえ、子供にとってはキラキラした安全な町だった。

私達三姉妹には、北は北海道から南は沖縄まで、お土産を買ってきてくれる「〇〇のお父さん」と呼ばないといけないお客さんがいた（〇〇には客の出身地名が入る）。

そのおかげで私達の部屋には、特大の毬藻や本物のさとうきび、大きな手作りの凧、高知の珍しい金魚などが、所狭しと置いてあった。

本物の父親は、月に一度、四歳年上の愛人の美容院の家賃を払うため、月末にお金をせびりに来た。その日は、必ず母との殴り合いが始まる。父親が「みちづれ」を唄いながら、階段を上ってくる音を聞くと、蕁麻疹が出てくるようになった。

なかなか日が暮れない夏の日、いつものように父と母の仁義なき戦いが始まった。ほんの少し賢くなった私と姉は、父親からお金を取り戻してくれる男手を探しに隣近所を訪ね歩いた。まず隣りの漬物屋さんはご主人がすでに蒸発していた。その隣りも同じく、その隣りの焼き鳥屋さんもタバコ屋もみんな訳は色々だが、男たちは一人も居なかった。そこで、閃いた。私はコーラの飲み過ぎで太り過ぎた姉を残し、風呂屋に走った。男風呂の暖簾の下をくぐり、色鮮やかな背中をした強そうな男の人達の中に入り、

「うちが大変なことになっとるけん、助けてください。うちは、すぐそこの角の『ふじ』という店です」と言うと、四、五人の男が口を揃えて
「あっ、あのお化け屋敷ね！」と言った。私は何故か物哀しい気持ちになり、寂しく男風呂を出た。暫くして生ぬるい風と共に、

「おーい」と後ろから声がかかった。濡れタオルを肩に掛けた清水健太郎似の若い二人組が、

「これ飲め」と言って瓶のスコールをくれた。私は、この二人の若い男が父をこてんぱんにやっつけてくれるところを想像し、スコールを飲みながら、般若と鷹の刺青の二人を連れ帰った。

しかし、時遅し。母は、相当に打ちのめされ、父は金を持って出た後だった。二人の男は、

「くそっ、遅かったか！」と悔しそうな顔をしたが、ぼこぼこに殴られた母を見ると一気に蒼ざめた顔になり、

「嬢ちゃん、また風呂屋でな」と逃げる様に帰って行った。これがきっかけで、般若と鷹の刺青の二人は、私にとって大切な風呂友達となった。小学三年生の冬、風呂屋が無くなるまで彼らには、たくさんのスコールと思いやりを貰った。

偽女王蜂の罠

母親の打撲が落ち着いてきた春の日、父の姉で、歯医者なのに脱税で新聞にまで載った倉富の叔母さんから電話

があった。母と二人で市崎にある噴水付豪邸まで、桜の花びらを顔に受けながら走った。

玄関に着くとすぐに、重症の斜視のお手伝いさんに案内され、叔母さんの部屋に行った。珍しく笑顔で、

「あら、あんたもついてきたわけ、美枝子やったかいな？」と私をじっと見た。私は叔母さんから視線を落とし
「うん」と頷いた。すると叔母は小さな目を細め、ショッキングピンクの口紅を塗りながら鏡越しに言った。

「今日は、叔母ちゃんが頭の悪いあんたの母親に、大金が入ることを教えてやるから、よーく聞いときなさい」

それから、叔母は気持ち悪い金色のカップにお茶を一人分だけ注ぎ、一口だけ飲みながら話を続けた。

「あんたん所の婆ちゃんの弟、馬出に住んどる加山の叔父さん知っとるやろう。あそこに子供が出来んからって、どこぞの馬の骨かわからん男の子を連れてきて養子にしとるわけよ。私に何の断り無しに、加山の財産は全部赤の他人に持っていかれるったい！」

何故か叔母は大きな溜息をついて、小さいながらも心に焼き付くイグアナのような目で母を見つめながら、

「カオルさん、あの家に女の子三人も要らんばい。博之も、二、三日前にまた、五〇万ばかり借りに来て、真ん中の子はもうすぐ六つになるのに、まだしゃべりきらんし歩けんでベビーカーに乗っとるとか、ボヤいとった。あんた、真ん中の子連れて来んけど、やっぱり可笑しな子ば産んどったいね。ようそれで、三人も女やら産んで…三番目が五体満足なら、この娘のためにも早いとこ加山に養女に出しんしゃい」と言った。母親は何も聞かなかったように「行くよ」と、私の手を引っぱって行こうとしたその時、叔母が私のもう一方の手を引っぱって、

「親が馬鹿やけん、あんたに言うとく、あんたが加山に乗り込んで養女になりゃあ、みんなが助かるったい。お母ちゃんのために、叔母ちゃんの言う通りにしんしゃい。そして加山にいる、もらい子を追い出しんしゃい」と言った。私は、叔母の手を振り払い
「オニババア」と言うと、叔母は

「アル中よりましたい！」と返してきた。やっとの思いで母に追い着くと、母は目の前にある小店から、ビールとアイスを買って出て来た。二人でそれを口にしながら帰った。

その夜、私がこの家から居なくなった時のことを想像した。母が夜遅く酔って帰ってきた時に、母のブラジャーから客のチップを取り、それを机の一番上の引き出しに入れ、鍵を掛けることを姉はきちんと出来るだろうか。姉の顔を見て気持ちを伝えられる者が私以外にいるのか、父が借りたお金はどうするのか、などと子供の私にはどう考えても答えなど見つかりっこないことを考えた。

次の日の朝、倉富の叔母さんが清水という弁護士を連れてきて、婆ちゃんと話をしていた。私は、姉を押入れに避難させ、そっと襖の隙間から中を覗き込んだ。そこには、小柄で唇の薄っぺらな男が座っていて、叔母さんは、「お母さん、この先生が加山から財産をこちらに持って来てくれる神様のような男」だと、婆ちゃんに熱く語っていた。テーブルの上には、福寿司の寿司桶があった。私は話よりも桶の中身が気になっていた。器の中身は、まだ無事である。その男は寿司にも手を付けず、お茶も飲まずに黙って座っていた。

婆ちゃんと倉富の叔母さんは、母子である以上に人の物が大好きで、それを自分の物にするまでは何でもするという共通点があった。だから二人とも女王蜂になりすまして、ほかの巣に入り込み、たくさんの蜂をただでこき使うのが上手であった。この唇の薄っぺらい男もただ働き蜂の一人かと思ったが、私の目を見て気付かぬふりをし、寿司にも手を付けないところを見るとただの働き蜂ではないことは解った。帰り際、叔母さんはわざわざ顎に手をやって、

「お母さん、カオルさんに、博之に貸した五〇万、明日までに返すように言っとってー！」と声を響かせて出て行った。

その夜、私は偽女王蜂の為ではなく、母のために加山の養女になることを決めた。そして、お気に入りのピンク

パンサーのリュックに、塗るところなどまったく無くなってしまっている「はいからさんが通る」の塗絵と必要なものを詰めていった。

マイマイカムリの狼　（未発表作）

春の陽射しが強い日、私は清川の柳に見送られ、唇の薄い弁護士と加山の家に向かった。タクシーに乗って、清川の目印のミドリヤ電器、思い出のあるレストラン「沙羅」の看板などを目に焼き付けた。

加山の家の前には、加山の叔母さんと例の養子の息子が立って待っていた。叔母さんはいつもと変わらずニコニコしていたが、例の息子は牛乳瓶の底のようなメガネをして、俯いたままだった。中に入ると、叔母さんに「美枝ちゃんは、絵が好きやからこの台を机にしといてね」と小さな折り畳みテーブルを見せられた。その後ろには立派な学習机があった。私がその机に目をやると「勝手に触るなよ」と養子の息子に言われ、「ふーん」と私は上の空の返事をした。私の心の中では、獲物を見つけた狼が、沢山の極悪な仲間を呼び寄せていた。

次の日、息子が学校に行くのを見計らい、机の上に並んでいる漫画の本に、クレヨンで、ありとあらゆる所に、ハエ付きうんこの絵を描きまくった。漫画の絵を見て閃いた私は、叔父の部屋に忍び込み、壁に細部まで拘った宇宙戦艦ヤマトの絵を描いたのだ。

私の予想では、息子が学校から戻り、漫画の中を見て激怒し、暴れ出したところに、叔父さんから部屋に落書きしたことで怒られ、尻尾を巻いてこの家から出ていく——はずだった。

しかし、私の未来予想は外れた。息子は漫画には全く触れずに、三日も過ぎてしまった。残るは、叔父さんの部屋だ。四歳の私が描いた宇宙戦艦は、邪悪な幼心の最後の砦となった。
ようやく叔父さんが出張から帰って来て、二階に上がっていった。すぐに
「みんな来るんだ、凄いのがあるぞ！」と叫び声が聞こえ、私はワクワクしながら二階に行った。叔父はその絵をじっと見つめながら
「凄いぞ、美枝ちゃんには加山の血を継ぐ絵の才能があるぞ」と言い、息子も「俺より上手やん」と続けた。私は、呆気にとられ、ただ黙ってその場を凌いだ。加山家には有名な画家などいなかったが、この叔父は若い頃画家を目指し、大学もやめてかなりの財産を食い潰していたのである。
結局私は最後の砦も崩されたのであるが、絵を誉められたことに味わったことのない嬉しさを覚え、例の息子にも悪意を持てなくなっていた。抜け殻のような気持ちで寝入ろうとすると、「やっぱり、やられた！」と息子の怒鳴り声が聞こえた。すぐに叔母さんが駆け付けて
「ごめんなさい、こんな悪戯してから、やっぱり子供やね」と言うと、たったそれだけで一件落着してしまった。
次の日、息子の本当の両親が挨拶に来た。「来るな」と息子が私に言うので、二階でひっそりと待機していた。すると、玄関の扉が開き、ずんぐりむっくりした夫婦が腕を組んで入ってきた。そして、腕組みをしたままカタツムリのように、ゆっくりと奥の部屋に入っていった。
暫くして「美枝ちゃん、お土産もらったからおいで」と叔母さんが呼ぶので、急いで降りて行った。まず、父親のほうが「コンニチハ」と銅鑼を打った音のような声で言い、次に両目が半開きの母親が早口で説明を始めた。
「あのね、びっくりしないでね。お父さんは耳が悪く、話すことが下手なの。私は目が見えないけど、ちゃんと声は聞こえるからね」と、絵本を渡された。そしてまた早口で、

「まだ字が読めないなら、広志に読んでもらってごらん。あの子は上手やから、宇宙戦艦ヤマトも何回も読んで聴かせてくれたんだよ」と口元だけで満面の笑みを浮かべて言った。私は、下にある畳をすぐにでも剥ぐって、中に隠れたい気持ちだった。

その日から、小さな胸の中で獰猛な狼の群れを飼っている私が、悪夢にうなされ始めた。それは、「みなしごハッチ」の王国の中で、ヒビの入った殻を持つカタツムリ夫婦が沢山の敵に追われ、泣く泣く子供のカタツムリを他のカタツムリに託そうとする夢だ。その様子を草むらから盗み見していたマイマイカムリが、子供のカタツムリに狙いをつけて襲おうとする。なんとも後味の悪い夢だった。もっと恐ろしいのは、そのマイマイカムリの目が私なのだ。

何日か経って、私は清川に戻る決意をした。

そのためには家まで送り届けてくれる人を見つけなくてはならない。

ようやく見つけた近所の古本屋さんで、埃に塗れながら獲物を待ち続けた。

ゲンゴロウ虫の馬車

加山家での私の日課は、朝食の後に加山家で守っている小さな鳥居とお地蔵さんの掃除と賽銭回収だった。そこには野良猫が数匹、居着いていた。その中に目が片方閉じたままの白い子猫がいた。あまりに痩せ細っていたので、味噌汁の出汁のいりこを与えることも日課になっていた。

昼食後の古本屋通いでは、なかなかいい獲物には巡り会わずに五日経ち、六日目にもう諦めようと思ったが一応寄ってみることにした。すると、清川では見たこともない風貌の若い男二人が、たくさんの古本を持って来ていた。私は、「よし、こいつらだ！」と心の中で叫んだ。二人は、中肉中背で眼鏡をかけ、タータンチェックのシャツにジーパン、ボロボロになった運動靴だったが、きちんと靴下を履いている。髪がやけにボサボサで、清川にいるオールバックの男たちとは真逆の、髪の毛全体が前方に覆いかぶさった、オールフロントだった。私は、二人がすぐにでも清川に連れて行ってくれそうな理由を思いついた。

「お兄さん、私最近ここに貰われてきたと、そいでこの裏で片目の子猫を拾ったけん、私の本当の家におる、ミキちゃんていうお姉さんに飼って貰うけん、清川の『ふじ』というカフェーに連れて行ってくれんしゃい」と言った。

すると、眉毛の繋がっているほうの男が

「その猫はどこにいるんだ？」と言ってきたので、私は慌てて

「すぐに連れてくるから待っとってー！」と言い、大急ぎで加山家からピンクパンサーリュックを取って鳥居に向かった。すると、一番手前のお地蔵さんの前に片目の子猫が、すーっと座っていた。自分が帰る口実にこの猫を連れて行くことに罪悪感を感じた私は、お地蔵さんに、

「この猫は、片目が可笑しいけん、私が面倒みてやるけん」と眩いた。私は、リュックに猫のザルの賽銭を入れ、勝手に「猫に小判」とは縁起のいいことだ、とほくそ笑んだ。お地蔵さんに手を合わせ

「ありがとう」と言い、もさもさした男二人の待つ古本屋に走った。二人の姿が見えたので、私は大きく手を振った。しかし、二人の表情は重く、私を見つめ

「道がよく分らないから、連れて行ってあげられないよ」と言った。私は、涙を流さず

「うえーん」と声をあげて、手で目を覆って座り込んだ。すると、眉毛の繋がっていない男が笑いながら

「そのミキちゃんという姉さんは美人か？」と訊くので

「うん、薔薇の花のような美人だ」と言った。正確には、ミキちゃんは薔薇の刺青をしているだけで美人ではなく、高知の農家の娘で筋肉質、千代の富士にそっくりだった。しかし、二人は「うん」と言った私の返事を聞いて「よしっ、行ってみよう！」と言ってくれた。私は眉毛の繋がった男の自転車の後ろに乗り、嬉しくて鼻歌まで唄った。

「♪さよならは誰に言う　さよならは悲しみに　雨の降る日を待って　さらば涙と言おう」

「その歌聞くと元気になるなあー」と、私を乗せている男に言われたので、二人の自転車が遅くなってくると、私は何度も唄った。私の歌が鞭代わりになったのか、一度も休憩なしで清川まであっという間に着いた。気持ちが大きくなった私は、

「ここの角打ちは、ヤクザが多いから近寄っては駄目よ！」とか、

「こっちの寿司屋は、ちらし寿司しか美味しくない」など、清川の裏情報を教えた。そして、家の前まで来ると玄関を開けたまま、ミキちゃんが半袖半ズボンの刺青丸出しで、鰯の頭と骨を手でズルッと取っていた。私は二人の事を忘れ、

「ミキちゃん、猫持ってきた」と言うと、二人が後ろから押し寄せてきた。振り返ると、汗だくで固まっている水掛け地蔵のような二人がいた。申し訳なくなった私は、

「このお兄さん達に自転車で送ってもらったけん、何か飲ましてやって」と言うとミキちゃんは、

「わかった。私可愛いいお兄さん、大好きやけん」と言って、店からビールを持って来た。私も急いでコップを二つ持って来た。すると、ミキちゃんは笑いながら自慢の歯でビールの栓をポンと開け、

「真似したらいかんよ」と言い、二人にお酌した。ビールを飲み干した二人は、まるで漫画に登場する妖怪に魂を抜かれた人間のようだった。それから、ミキちゃんと目を合わせる事も無く、

「ご馳走様でした」とお経を唱えるように言って、出て行った。

私は、皆を驚かせようとこっそり婆ちゃんの部屋まで行くと、一番上の姉が寝転がっていた。私が、襖を開けた途端、

「やったー！　やっぱり美枝子が帰って来た」と喜ぶ。私は感動して目頭が熱くなった。それも束の間、姉は
「婆ちゃん、私の勝ちやけん千円ちょうだい」と言い、婆ちゃんは
「あーあ」と残念そうな顔をして、姉に千円を渡した。

夜遅く母親が帰って来ると笑いながら、

「あんた、ゲンゴロウムシのような九大生ば捕まえて帰って来たげなねぇ」と笑う。私は、

「まぁね！」と得意げに答えた。

ガンダーラはいずこ

ミドリヤ電器の飾りがクリスマスらしくなって寒さも厳しくなった頃、私の家では大事件が起こった。

加代ちゃんという蟻の尻のような頭をしたホステスさんが、何か月もの店の酒代を預かったまま夜逃げしてしまった。皆はびっくりしていたが、私は子供ながら彼女の様子が少しおかしくなっているのに気付いていた。

冬休みに入ったある日、出掛けようとした加代ちゃんに、

「加代ちゃん、一丁目行くんならついてくけん、帰りにババ屋でくじひかせてー」と言うと、

「うん、わかった」と言いながら、加代ちゃんは珍しくモタモタしていた。彼女は忙しく用事を済ませると私に百

円を渡し、

「さっき一丁目で二郎さんがおったけん、話をしてくるけん、先に帰っときんしゃい」と言った。私はババ屋でくじを引く時に、番号のついた箱の中に指を突っ込みながら隣のおまけまで引っ張るという、アコギな技を使うところを見せて、びっくりさせるつもりだった。私は、二郎さんがなじみの客だったこともあって、暫く一丁目会館というパチンコ屋の前で待つことにした。ちらちらと加代ちゃんの蟻の尻が見えたので、耳をふさいでパチンコ屋の中に入った。加代ちゃんは私に気付き慌てて手を引っぱった。男は、くるっと振り向いた。男は二郎さんではなかった。一見、西郷輝彦を一回り小さくしたような男だった。その男は子供の私に深々と頭を下げ、上目遣いで何かを乞う様な瞳で見つめ、

「はじめまして。おいくつですか?」と清川では聞き慣れない口調で話しかけてきた。返事をする間もなく、加代ちゃんに手を引かれ、店を出た。

その数日後に加代ちゃんは姿を消した。私はピリピリしている母に言った。

「加代ちゃんはもう一週間も帰って来んけん、警察に行かんと大変なことになるっちゃないと」

すると母は、

「バカ言いんしゃんな! 清川に住み込みで働きようもんは、みんな訳ありたい。警察にやら届けたら、こっちが大変なことになるったい!」と恐ろしい形相で言った。

翌日、加代ちゃんにお金を貸した人達が現れた。母は、低姿勢で話を聞いていた。

「リリーン、リリーン」一本の電話が掛かった。

婆ちゃんが面倒臭そうに出たが、父親だったらしく、慌てて
「カオルさん、博之が急いで代わってげな」と言って、母親に受話器を渡した。母は、

「ハァー」と言って電話に出た。暫く黙っていたが、

「あんた、加代ちゃんがお金ば持って逃げっしもうとうのに、何で私があんたの舟券やら買いに行かないかんとね、自分で競艇場に行って買うてきんしゃい！」とピシャリと言い切り、受話器を置いた。そのやりとりを見ていた加代ちゃんにお金を貸した人達は「また、来ます」とおとなしく帰って行った。

夕方になりみんなで焼ナスの皮を剥いていた。私は、ガラス戸に焼きナスの皮をくっつけて焼きナスアートを楽しんでいた。気配を感じ玄関先を見ると、

「カオルのやつ舐めやがってー」と、父が真っ赤な顔をして、真っ赤な消火器を持ってあっという間に母を殴りつけた。母は気を失っていたが、そのままに二階へひきずられた。「ドスッ」という音がして、見ると、ガス台の上に母の顔をぶつけ、変な臭いと煙が出ていた。父は、

「おまえが、俺の言う通りにしときゃー一〇〇万儲かっとったい。本当にお前は貧乏神や！」と怒鳴った。母は血まみれになっても、

「殺すならさっさと殺しんしゃい！」と啖呵を切った。ようやく婆ちゃんが這ってきて、

「もうやめんしゃい、子供が見よろうがー」と言うと、父はけろっとした顔で
「じゃあ、かかさんとカオルで明日までに一〇〇万作っとけ、それなら許す」とほざいた。救急車の音がしたと同時に父は姿を消した。

救急車で運ばれた母も、一週間たっても帰って来なかった。

誰に訊いても「そのうち帰って来るさ」としか言わない。私は、母親が家出をしたことに気づいた。その夜、テレビで「西遊記」を観た。堺正章演じる悟空が、お釈迦様役の高峰三枝子に会いに行って、キントウンでグルグル走っても指の周りを一周しただけだというシーンが印象に残り、高峰三枝子という女はものすごく大きいんだな

ぁと思った。ドラマのエンディングが流れ、

「♪そこに行けば　どんな夢もかなうというよ　誰もみな行きたがるが遥かな世界　その国の名はガンダーラ…」

とゴダイゴが唄う。私は、ガンダーラは日本にあると思った。私はガンダーラを探す旅に出ることに決めた。

翌朝、野良猫たちに多めに餌をやろうと早起きした。いつものアパートの路地に行ってみると、たくさんの野良猫が待っていた。餌をやり終えてから、人の気配に気づいた。母がよく相談に行く占いのおばさんが立っていた。

「あなただったのね、猫ちゃん達に餌をやってたのは…」と言われ、急いで立ち去ろうとすると、

「違うのよ、お礼が言いたかったのよ」と言う。私はそのままおばさんの部屋に連れて行かれた。部屋の中には大きな水晶玉があった。おばさんは、

「ねぇ、猫の餌が足りない時は協力するからね！　おばさんはキャバレー月世界の前で占いをやってるから、いつでも困ったことがあったら来なさい。こう見えても清川一の占い師なんだから」と言った。

私は、おばさんに今迄のいきさつを早口でしゃべってから、

「ガンダーラの場所を教えてほしい」と言った。おばさんは、

「わかった、わかった」といって、紙にガンダーラへの行き方を書いてくれた。

その紙を持って家に戻り、二番目の姉に
「姉ちゃん、今日凄いことがあった。ガンダーラの場所を教えてもらったけん、急いで用意して！」と言った。

姉は頷いて、たくさんのボンタンアメをバッグに詰め込んだ。私は、引き出しから二千円をとり財布に入れ、二人して玄関を出た。

まず柳橋からバスに乗り博多駅で降りた。そこから、たくさんの人に教えてもらって、篠栗線の赤い電車に乗って城戸駅で降りた。そこには南蔵院と書かれた看板があったが、ここがガンダーラなのだそうだ。眼に映るものす

べてが初めてだった。人は皆、三蔵法師のような白装束を着て杖を持ち、悩み深そうに歩いている。雪がたくさん降っていて、お地蔵さんが所狭しと立っていた。山の陰には高峰三枝子がいて、私達が来るのを待っていると信じた。

「姉ちゃん、お釈迦様に会うたらなんて言うと?」無表情できつそうな顔をしている姉に聞くと、

「何も言わん」と言った。私は

「あっそう、私は今までの親父の悪さを全部しゃべってから、親父の上に消火器の雨を降らせてもらうことにするっちゃん」と言った。

だんだん雪がひどくなってきた。近くには小さなお店があった。店の中のストーブのオレンジ色の炎、汚く焦げたヤカン、薄っぺらなガラス戸には、

「あったかい、アメ湯、甘酒あります」とあった。私たちはその店の中に吸い込まれるように入った。お盆と台拭きを持ったおばさんが近づいて来て、

「ここにお座り、あったかいよ」とストーブに近い席に座らせてくれた。

「あら二人だけ?」と聞くので、慌てて私は

「後で、お婆ちゃんが迎えにきますから」と俯き、わざとガマロのふたを大きく開けながら

「アメ湯二つください」と言った。おばさんは、何か聞きたげに片方の口角を上げて

「ハイハイ」と答え、すぐにアメ湯を持ってきた。生まれて初めて飲んだアメ湯は、びっくりするほど熱かったが、美味しくてこれだけでも来た甲斐があったと思った。体が温まるにつれて、私は店の中の様子を観察した。まず中央には騒がしい四人組の中年のおばさんがいて、四隅には一人ずつ、お迎えの近そうなクルミのような顔をしたお婆さんがいた。一人のお婆さんが席を立つと、三人とも順々に外に出て行った。私達も後に続いた。この四人のお

婆さんは、後ろから見ても区別がつかないくらい似ていて皆弓なりに曲がった細い脚でしっかりと歩いている。目的地は一緒のようで、私達はこのお婆さん達の後を追えばお釈迦様に会えると思った。

随分と登って行った。喉はくっつく程カラカラになっていた。しかし、お婆さん達の速度は変わらなかった。あっという間に私達は引き離された。不安になり周りを見渡すと、

「スグソコ、ポックリ地蔵」の看板が目に入った。私は、「ヤバイ」ことになったと気付き、

「姉ちゃん、あの婆ちゃん達の行き先は、ポックリ地蔵とかいう、自力お婆捨て山や、早いとこ戻らんといかん！」と言った。急いで道を引き返そうとしたが、雪はひどくなる一方、ズックはびちゃびちゃで困っていると、一台の白い車が止まった。

「あんた達、こんな所で迷子になったと？」と、優しいおじさんの声が聞こえた。天の助けだと思った。私はお釈迦様に話せなかった分を、このおじさんに色々しゃべってしまった。すると、バックミラー越しに、おじさんは私達の顔を見て言った。

「こんなめぐり逢わせがあるかねぇ、おじちゃんは、あんた達のお母さん良く知っとるよ、徳子ちゃんとは同級生たい。徳子ちゃんのお兄さんとは良く野球ばしよった。今から、徳子ちゃんのお兄さんのしよる土産物屋に連れってやるけん、すぐ近くたい！」と言った。すぐに土産物屋に着き、おじさんは慌てて背の高いおじさんの所に行って、何やら話し込んでいた。

私達は、背の高いおじさんが母親にとても似ていたし、シンボルマークの顎のしゃくれ具合で、母親の実のお兄さんであると確信した。

背の高いおじさんは、すぐに私達の祖父、祖母のお墓に連れて行ってくれた。そこで、おじさんは涙を浮かべながら母のことを話してくれた。

「徳子は、七番目の末っ娘だったが、二歳の時に父ちゃんも母ちゃんもエキリで死んでしもうて、それからは親戚をたらい回しで、本当にずっと苦労ばっかしやったな…」とすまなさそうに頭を抱えて座り込んだ。私達のきょとんとした顔を見て、

「大丈夫、徳子はあんた達のところに必ず戻ってくる」と言って、私達の肩を叩いた。帰り道に、

「お腹すいてるか？」とおじさんに訊かれ、

「うん」と私達が言うと、たくさんのおでんを食べさせてくれた。その店に、お経の書いてある藁笠が置いてあったので、それをかぶってお地蔵さんの真似をしたりして楽しんだ。

駅まで送ってもらった時に、そのお経の書いてある藁笠を二つくれた。私達は、大喜びで大切に持って帰った。

博多駅に着くと、厚化粧にネッカチーフを頭に巻いたミキちゃんとミヨちゃんの姿があった。ミキちゃんはとても怒っていて、

「タクシーで帰ると？」と訊くと、

「冗談じゃない！　みんなに心配かけてから、たいがいしんしゃいよ！」と言って、私の手を取り歩き出した。歩きながら、

「カオル姉さんがおらんで、パーティー券売ってしもうて、どげんしようかと考えよった時に、あんた達までおらんごとなって…」と泣きだした。辺りを見渡すと、住吉と清川を結ぶ橋の上だった。川を見降ろすと、ミドリヤ電器と老舗旅館・清流園の灯りが重なって、赤い光を放っていた。その赤い光の中に藁笠を被った私達も映っていた。母の姿はなかったが、何故か温かい光に包まれた様な気持ちになった。

玄関先で、藁笠を外すと、ミキちゃんに
「あら、その藁笠よかねー、ちょっと今日だけ貸してくれんね」と言われ、本当は嫌だったが

「絶対、汚さんでね」と言って貸すことにした。どうやら店のパーティーに使うらしい。私はとても疲れていたが、気になってしょうがなかった。店の勝手口から覗き見していると、「パァ～パラパ、パラパァ～」の音楽と共に、垂れ乳を出したミキちゃんとミヨちゃんが登場して下半身には私の大切な藁笠がゴム紐で取り付けられ、客の前でそれをぺろっとひっくり返すと、客は大喜びでその笠の中にチップを入れていた。

次の日の夜、

「鈴子、史枝、美枝子、おもしろいお客さん連れてきたけん、急いで降りてきんしゃい」と叫ぶ、久しぶりの母の声にびっくりした。降りて行くと、たくさんの小さなプロレスラー達がいて、たくさんのビールを開け、大騒ぎをしていた。中でも、昨日まで不機嫌だったミキちゃんは、レスラー達の声援の中、ビールの栓を歯で抜いてはチップを手にし、久しぶりに見る百万ドルの笑顔だった。小さなレスラーたちも何とも言えない笑顔で大喜びしていた。みんな試合の後で、たくさんの痣をつくっていた。母も、顔に紫色の痣ができていたが、思ったより元気な姿で戻ってくれたことがとても嬉しかった。すると、レスラーのうちの一番痣の大きなクルクルパーマの一人が、「親父が帰ってきたら、俺が打ちのめしてやる!」と力強く言った。私が、例の藁笠を被り、「ぜひ、お願いします」と言いながら、ビールの栓を賽銭代わりに、客のひとりひとりに手渡すとみんなにえらくウケた。そして、帰り際に藁笠をひっくり返すとたくさんのチップを小さな巨人から受け取った。

それから、私があの藁笠を被ることはなかったが、今でも清川の生家には、幻のチップ入れとして飾ってある。

清川、名前の通り、男達の小便と女たちの涙を呑み込んだ、清らかな川の町である。

第二章　無敵の花街少女

（未発表作）

小さな女戦士の目覚め

隣の漬物屋が可愛がっている紫陽花が咲き出した頃、真ん中の姉は、近所の整形外科に通い、少しずつ歩けるようになった。私も毎日ついて行った。整形外科には、体格の良い健康そうな男達が首にムチ打ちギプスを着けたり、松葉杖をついて通っていた。男達は診察が終わると、すぐ横にある角打ちで楽しそうに酒を飲む。性の悪い患者ばかり相手にしているせいか、看護師さんも白衣の天使ではやっていられない。鋭い目をした白衣の看守の様だった。幸運にも姉のリハビリの先生は若い男の先生だった。名前は関本といって、色白でぽっちゃりした自称柔道家だった。

ある日、関本先生は随分歩けるようになった姉に

「史枝ちゃんは、柔道をならえばきっと強くなれるぞ」と言った。私は取り残された気持ちになって

「私は？」と言った。すると先生は姉の首を指差して

「お姉さんは、首が短くて太いからいいんだよ。美枝ちゃんの首は細くて長いから、相手に攻撃されたら駄目なんだ。弱いんだよ」と言った。

清川という、女戦士が作り上げた花街で育った私にとって、「弱い」という言葉は一番不吉な言葉であった。それから、姉の病院通いには二度とついて行かなかった。

私は暇を持て余し、とうとう暫く遠ざけていた婆ちゃんの部屋に入った。祖母は待ち構えていたかの様に、私の前に着物と戦死した夫の音之介さんの写真を置いて話し始めた。

「美枝ちゃん、家の家紋は紫桔梗と言うて立派とばい。あんたの爺さんの音之介さんは、軍医としてパプアニューギニアで死んでしもうた。戦争がなかったら、婆ちゃんもこんな苦労をすることはなかったったい。婆ちゃんは世界史の先生ばしながら子供を育てて、どんなに苦しい思いをしてきたことか…」と泣き出し曹洞宗の経本を手に取りだした。私は、すぐにその場を離れた。やっぱり、あの部屋には近づくまいと心に誓った。

その夜は寝付かれず、母が帰って来るのをじっと待っていた。下では賑やかな声が聞こえていた。暫くして母が歌を唄いながら帰ってきた。

「♪二五、二六、二七と　私の人生打身丸よ…」と唄う母の手には、打身丸という薬箱があった。「カチャ、カチャ」と音がしていたので、薬を飲んでいるのがわかった。うつらうつらしていると、母は私の顔に大量に嘔吐した。私は、「ギャー」と叫んだ。母は私の叫び声に驚いて、私を思いきり蹴飛ばした。騒ぎを聞いてミキちゃんが駆けつけた。目が覚めると病院のベッドだった。怪我は大した事にはならなかったが、今後、母が吐こうが肘鉄を喰らわそうが、私は隙間四〇センチから動かず、声も出さないことを誓った。

頭の怪我が治るまで、クーラー付の婆ちゃんの部屋に寝かされることになった。テレビのチャンネル権は婆ちゃんだったので、『ルーツ』という黒人奴隷の物語を見せられた。最初は「ちぇー」と思ったが、クンタ・キンテという少年が汚物にまみれ、狭い板の上に繋がれているシーンを見て親近感をもった。応援したい気持ちで一杯になり、毎日釘付けとなった。その様子を見ていて婆ちゃんは
「あんたも、悪さしよったらこんな目に遭わさるったい」と言った。

この『ルーツ』は私の心に火をつけた。クンタ・キンテの反骨精神を見習い、婆さんの杖の鞭をかわすために、

姉と一生懸命、真剣白羽取りの訓練をした。

私は、クンタ・キンテが目をぎらぎらさせ、「俺はマンディンカの戦士クンタ・キンテだ！」と叫ぶシーンをしっかりと目に焼き付けている。

どんな人でも、どうにもならない絶望感を味わう事があるだろう。そんな時、自分を震い立たせるために心の中で何かを叫ぶ。私にとって、そんな時の叫びが、「私は、キヨカワの女戦士ミエコだ！」である。

雲の上ではクンタ・キンテと勇者キンタンゴが応援してくれていると、おまけまで付けてしまうのである。

又ミエコ

うららかな春の陽とともに起きて、私は幼稚園に通い始めた。毎朝寝ぐせを婆ちゃんに直され、清川の隣町の吉春にある、吉春幼稚園に向かった。

古くて小さなこの幼稚園には、何処にこんなに居たんだろうというくらいに、たくさんの子供たちが通っていた。夜の街の朝の幼稚園では、親たちは夜の華やかさを汚く残し、順応しきれない子供たちは眠いままだらしない姿で、無理矢理連れて来られたという感じだった。

この幼稚園では何故か朝着いた順にパンと牛乳を渡された。朝ご飯を食べないで来る子供たちがとても多かったために、市が無償で提供しているらしかった。

私は幼稚園に行くのがとても嫌だった。まず婆ちゃんが朝早くからご飯とみそ汁を用意しており、パンと牛乳がなかなか食べきれなかったのである。次に、パンツ一枚で乾布摩擦の時間があった。私にとってその時間は一番の苦しみだった。

昭和四十七年八月十七日、地獄の釜が開くと伝えられている日に、私は三八九〇グラムで生まれた。

二番目の姉のお産の時に、母は輸血で肝炎をもらっていた。体調は思わしくなかったが、赤子は超ビッグで肝炎の疑いもない。男の子ではなかったが、母はそれなりに喜んだ。

私が生まれたとき、父親は愛人と旅行に行っており、病院には一度も現れなかった。退院間際に婆ちゃんが、一番上の姉の鈴子を連れてきた。鈴子は丸々以上に太った小学一年生で、私を指差して、

「婆ちゃん、あれ見て。えらい鼻が大きか不細工やけど、顎がしゃくれとらんけん良かったー」と言った。

婆ちゃんは横目で私を見つめ、

「うわぁ、本当に鼻の太かぁ、インディアンの子のごたぁ」と言った。続けて
「フミエの時は、スズコのおさがりは着れんやったが、この子はフミエのおさがりば使わせないかんけん、名前はミエコにしんしゃい。ミエコやったら、「フミエ」の「フ」を「ヽ」で消して、「コ」を付けりゃあ、下着も何もかんも買わんでいいけん、よかね!」とヒトラーのようなオーラを放ち、帰っていった。その日から私の名前は、「フ」に「ヽ」の入った「ヌミエコ」となった。私の身に着ける物は全て「ヌミエコ」と大きく書かれるようになった。おまけに姉が肥満児のためブカブカで、パンツなどは本当に又の中が丸ミエだった。幼稚園でパンツ一枚の乾布摩擦の時には必ず、

「イエーィ! マタミエコや!」と悪ガキどもに馬鹿にされた。四回目くらいにとうとう私は、そいつらに積み木を投げた。その事で先生には叱られなかった。それどころか先生は
「お婆ちゃんに、ミエちゃんの下着が大きいので、サイズのあったのを着せてあげてください、って言ってあげる

から、良かったネ！」とまで言ってくれた。帰り道はウキウキしながら帰った。家に戻って一目散に婆ちゃんの部屋の襖を開けると、何十年も履き続けた婆ちゃんのデカパンツが分解され、「又ミエコ」の下着には、伸びきってもう紐の役割しか果たさないゴム紐を入れ込まれていた。私のＮｅｗＭｙ下着の夢は無残にも砕け散った。絞りの効いた「又ミエコ」下着を持って、ミヨちゃんとミキちゃんの部屋に行って

「もう、これ見てー、婆ちゃん本当にケチやー！」と大声で言った。二人は平静な顔をして、

「だって婆ちゃんは佐賀におんしゃったっちゃけん、そりゃケチよ。佐賀もんの後にはクソも生えんって言うやろー！」と叫んだ。

私はアンコは苦手だったが、腹いせに婆ちゃんの焼き餅を二個奪い取てポケットに入れた。夜になって「8時だよ！　全員集合」が始まり、姉と二人で吉良上野介と浅野内匠頭のコントを父親のズボンを使って真似していると、あっという間に寝る時間になった。私はふと、ポケットの中の焼き餅を思い出した。私が外皮の餅を、姉が中身のアンコを食べた。すると急にお腹が痛くなった。ドリフを見ていたせいで、便器の中から志村けんが出てくるような気がして、便所に近づけない。私は婆ちゃんのお櫃の横に、コロコロしたウンコをして、自分の部屋に戻った。

朝になって、いつものように婆ちゃんの雄叫びで起こされ、着替えていると、

「まぁた、ミエコが餅だけ食うて、アンコだけ残してから、もったいなかぁー」と言って、口にコロコロのウンコの塊を入れた。次の瞬間、婆ちゃんは電流が走ったかのように変なポーズをして、

「オェー、オェー、あっ飲み込んでしもうた！」と言って、お茶をがぶ飲みしていた。私は大声で

「ミヨちゃん、ミキちゃん、婆ちゃん本当にウンコ食べたよー！」と叫んだ。おかげで「又ミエコ」のこともすっかり忘れ、すーっとした気持ちになった。

そして朝はいつもまつ毛が六箇所から生えているミキちゃんの自転車の後ろに乗って、鼻歌を唄いながら吉春幼稚園に向かった。それだけでは物足りないと、私とミキちゃんは、ミキちゃんの友人で、掃除大好きの「ドラミちゃん」という風俗嬢の所に行って、一部始終を話した。

朝はいつも険しい顔でガラス磨きをしているドラミちゃんが、涙を流して笑ってくれた。

呪いのリカちゃん人形

二番姉が小学校に通いだした頃、私はとんでもなく暇な気分に襲われていた。そんな春のうららかな日だった。私はフラフラと自宅から二軒先の花屋さんに向かった。そこの奥には卓球台があり、一番姉がそこでそろばんを習っていた。私はよくついていって一人で素振りをしたり、鶏を追いかけまわしたりしていた。ここにいたら誰か遊び相手が見つかるだろう、と踏んだ私の予想は的中した。奥の部屋から女の子が飛び出してきた。ずいぶん小さな女の子だった。私に興味を持ったらしく、チラチラ見ていた。

「ねえ、一緒に遊ぼうよ！」とつくり笑顔で誘った。女の子は少しはにかんで、

「うんいいよ！　家に上がる？」と聞いてきた。私はわざと一瞬戸惑うふりをして、

「じゃあ、少しだけ…」とおしゃまなふりをしながら、泥がついたズックをきれいに揃えて部屋に入った。

きれいに整頓された玄関から二つ目のドアを開くと、白い可愛らしい二段ベッドの上にたくさんのぬいぐるみがあった。その周りには何個もプラスチックのケースがあって、その中にはたくさんのおもちゃがきれいに並んでいた。私の男物のおもちゃがガラガラと置いてあるような家とは違う。素敵なおもちゃの世界だった。中でもテレ

ビのＣＭで見て、いつも欲しいと思っていた「パットちゃんステージ」というリカちゃんのドールハウス、その中には、附属品の目玉焼きがくっついた小さなフライパンや、私の小指よりもちっちゃいコーラの瓶やスプライトがあった。その他にも、双子のベビーカーなど、本当に私が欲しいと思ったものが、いっぱい目の前にあった。しばらく二人で色々と遊んでいると、その子の姉が帰ってきた。その子と違って、色が真っ白な姉は少し迷惑そうに、

「その子はどこの家の子なの？　おばあちゃんに言ったの？」と聞いてきた。妹は申し訳なさそうに下を向いていた。私も何故か申し訳ないなと思いながら、

「隣の隣の岩崎の三番目の娘です」と、他人のことを紹介するように自己紹介をしてしまった。姉は少し首を掲げながら、なんとなく私の正体がわかったようだった。

「そういえば見たことあるね！　よく黒い犬を連れてるような気がする。もしかすると、史枝ちゃんの妹さん？」

色白で、粉が吹いてるような姉はなんとも知れない目つきをして、私のことを見つめた。

「うん！」と私はあたりを見直しながらうなずいた。私は押し入れの隙間から覗いているお人形たちの目が気になった。私がそちらのほうに目をやっていると、姉は、

「あーすごいわね！　そこにお人形がいるって気づいたの？　特別だから見せてあげるわね。そこの中にあるお人形は、とっても高価なものなの。だからガラスケースに入れているのよ。特別に今日は見てもいいわよ。二〇個ぐらいあるの、凄いでしょう」と自慢げに話した。私は姉の鼻につくセリフが少し嫌だったが、やはり二〇個の人形は見たかった。

「うわーい、やったー！　見たい、見たい！」と子供らしくはしゃいだ。

姉妹はさっと襖に手をやって、二人で掛け声付きで押し入れを開けた。

「ジャジャーン！」

そこにあったのは、リカちゃん人形よりも一回りも大きく、なおかつお化粧がすごく濃くて洋服も派手な、どちらかと言うと外人さんのような人形だった。きれいにガラスケースに入れてあったので、売り物のような感じが、私の心を誘った。

「ねぇ、髪の毛だけでも触ってもいい？」と、猫撫で声を出してみたが、二人とも首を横に振るだけだった。

「こんなにたくさんお人形があっても触らないなんて…楽しい？　髪の毛とか三つ編みにしたりお洋服着替えたりとか、そっちの方が楽しいに決まっとるやん！　見るだけだったらお人形がかわいそうやん」と私がふくれっつらで言うと、何か玄関先で人の声が聞こえてきた。

聞き耳を立てると、その子の母親がお茶とお菓子を持ってきてくれた。私は少し嬉しくなって、大きめな声で

「お邪魔してます」と言った。姉妹の母親は少しびっくりした様子で、

「あれこの子はどこかで見たことあるわね…。あなた『ふじ』さんの所の妹さんじゃないの？」

と言われたので、私はそんなに有名人なのか、と思ってしまった。なぜか私は自慢げに、

「そうです！　どうして知ってるんですか？」とストレートに聞いてしまった。

「だってよくお店のお姉さんのミキちゃんと一緒に買い物に行ったりしてるでしょう。その時見かけたし、お父さんにそっくりだもの」と、とても傷つくことを言われた。私は父親に似ていることがとても嫌だったからだ。私が嫌な顔をするとすぐに気がついたみたいだったが、その母親は気の毒な顔をするどころか、くすっと笑ってどこかへ行ってしまった。それからはずっと、姉を中心に、ケースに入った人形の説明と自慢話をずっと聞かされて、退屈な時間を過ごした。私が

「せっかくパットちゃんステージがあるのに、人形がいないなんて面白くない」と言うと、姉は少し顔色を変えて、雪女が氷の息を吐くように、

「だったら自分で持ってくればいいじゃない！　あなたの家は女の子三人なんでしょ。だったら、うちよりもお人形あるでしょう！」

　私は売られた喧嘩を買うように、

「いいよわかった。うちの人形もたくさん持ってくる。うちもこれと同じくらい数がある！　数だけだったら、負けんかもしれん！」と声を張り上げながら走って家に戻った。

　そして私は自宅のプラスチックのおもちゃ箱の中から、たくさんの変わり果てたリカちゃん人形を取り出した。私は婆ちゃんが折りたたんでしまっている、可愛らしい紙袋の中に、大急ぎでリカちゃん人形を四体、キューピーちゃんとあらいぐまラスカルのぬいぐるみ、それから旗を持っているなめ猫のマスコットを入れて、花屋の姉妹のところに持って行った。

　まず一番最初に袋から取り出したのは、モヒカン刈りのリカちゃん人形だった。私が
「ちょっといたずらされてるんだけれども、どうぞこれ、借りてもいいわよ」とモヒカン刈りのリカちゃんを妹の方に渡した。妹は無言で固まっていた。

　その次に取り出したリカちゃんは、髪の毛が頭頂部以外は全部剃り落とされている、ラーメンマンのようなリカちゃん人形だった。おまけに目は黒く塗られてサングラスもかけさせられていた。

「これは二番目のお姉ちゃんが、『キン肉マン』に出てくるラーメンマンが大好きだから、ラーメンマンにされたのよね。かわいそうにね…」と言って姉の方に手渡した。姉も同様に固まっていた。

　三体目は、くるくるパーマで目の大きいお人形だったが、それは髪の毛を短くされた上に、リーゼントヘアに変更されており、眉毛もえらく濃く塗られていて、オカマのようだった。おまけにヒゲも生やしていた。四体目はかろうじて私が守っていたので、髪の毛がおかっぱだった。とりあえず私は、マシな三体目と四体目のリカちゃんを

使って、ままごと遊びをしようとした。

　手渡された人形を見て怒りに震えた姉は、

「嫌よ私、こんなおじさんみたいなリカちゃん人形で遊べるはずないじゃない！　あなたのと交換して！」と凄むので、私は仕方なく、四体目のリカちゃん人形を姉の方に渡した。すると、下の妹がしくしく泣き始めた。姉が妹の気持ちを察知したようで、私に、

「見てごらんなさい！　よし子だってこんな気持ちが悪い人形でままごとなんかできないわよ！　泣かしたのは、あなたのせいよ。あなたの持っている人形と替えてあげて！」と言い切った。私は仕方なく三体目を妹に渡して、私は戻されたおじさん風の二体のリカちゃん人形で遊ぶことにした。

　ようやく姉はパットちゃんステージを出して、

「この中にはたくさんのジュースやミルク、それから食器…全部がミニチュアなの！　なくさないようにしてちょうだいね！　とっても高いんだから…」と命令口調で言った。それから三人のままごと劇が始まり、姉妹はいつもやっているような慣れた感じで、

「お姉ちゃん、今日はお腹がすいたわ。今から何か料理を作りましょう」

「そうね、よし子、何が食べたい？　何か食べたいものがあったら、お姉ちゃんが作るから言ってみて」とこなれたセリフを吐いていた。私も負けじと、

「俺の名前は健二、俺もお腹が減ったから、ホットドッグとコーラが飲みたいな。誰か出してくれ」と男声でセリフを吐くと、姉妹二人は大笑いしていた。窓からその光景を覗いていた母親もくすっと笑い声を上げた。私は調子に乗って、

「つべこべ言わず、早く持って来い！　早くしないとちゃぶ台ひっくり返すぞ！」と言うと、姉が、

「何なのあなたは？　そんな乱暴な人は、ここでは遊べないわ。第一、あなたは男なの？　それとも女なの？」と聞いてきた。
「男でも女でもどうだっていいよ。俺はお腹が空いているんだ。早く飯を出すんだ！」と私が声を荒らげていると、奥から母親が心配そうに
「何か、ままごとではなくなっているから、もうその遊びやめたら？」と迷惑そうな声で言ってきた。姉は
「大丈夫だから…」と艶な声を出した。
「ここはお料理をするところだから、男の人は入っちゃいけないの。あなたはどっかすみっこの方で座っていてちょうだい。私たちがお料理をするから、やることがないから、もう帰っていいわよ！」
私はこの姉の一言にものすごく怒りを感じた。そしてあらん限りの大きな声で、
「何ふざけたこと言ってんだよ！　お前たち二人こそ男だろうが、パンツを下げてよく見てみろ。付いてるんだから、お前たち二人には…」と言うと、姉妹はそれぞれのリカちゃん人形のパンツを下ろした。二体とも、マジックで描かれたおちんちんが付いていた。私は天下を取ったような気持ちになった。そしてあっけにとられている姉妹を尻目に
「怖いわねぇ。あんなふりしておちんちんが付いてるんだから…。さて目玉焼きも作るし、サラダも付け加えなくちゃ」と、私がお皿に盛り付けをしていると、姉は、妹からリカちゃん人形を取り上げ、二体のおちんちん付きのリカちゃんを外に投げつけた。
「もう、こんな薄汚い人形で遊ぶのは嫌だわ！　悪いけど、あなたもう二度と来ないで。うちのミニチュアの物にも触らないでね、絶対よ。お願いだから！」と叫んだ。母親もそれに納得したようで、さっと姿を消した。私はとっても悔しかった。とっさに私はミニチュアのジュースとビールをポケットの中に入れた。そうして外に投げ出さ

れた、私のリカちゃん人形二体と自分が持ってきた残りの人形を袋の中に入れて、「こっちだって、二度と遊びに来るもんか。絶対来んけんね！」と悔し紛れに叫んで帰った。

私はその日の出来事を、自分の姉や婆ちゃんに話していた。次の日の夕方、母がビールを二本ぐらい飲んだときに、例の姉妹の親から電話がかかってきて、母の大きな声が響いた。

「美枝子！　花屋さんで遊んだ時に、何かちっちゃな遊びもん、あんたが盗るのを見たって連絡があったけん、急いで返しに行くよ！　ほんと情けない！　それも近所で盗みやらしてから…。謝ったら許してくれるらしいから、急いで持って来んね！」

私は絶対にあそこには謝りには行きたくないと思い、最終手段として、そのビールとジュースのミニチュアを慌てて口に放り込み、一気に飲み込んだ。

「そんなの盗ったりしてない！　私は謝りにはいかない！」と啖呵を切ったものの、喉にビールとジュースのミニチュアが突っかかっていて、何度も吐きそうになった。母は大体見当がついたみたいで、

「あんた本当にバカやね。そんなもの早く吐き出さんと、多分死ぬやろうね…」と言われたのが怖くなり、婆ちゃんに背中をさすってもらって吐いた。

そしてあの花屋の姉妹のところに、私の堪忍袋ではなく、胃袋から出てきたビールとジュースを返しに行った。

千人を敵に回しても

九月、からっと晴れた日が続いていた。運動会の練習で疲れ果てた姉は、玄関に入るとランドセルと水筒を下げたまま、ドサッと倒れ込んだ。私はいつものように焼きナスの皮をガラス戸にくっつけ、焼きナスアートを楽しんでいた。ミキちゃんは、ふと皮をむく手を止めて言った。

「また運動会があるねぇ、去年は史枝が重とうして、下駄屋の嫁に負けたばってんが、今年は風船とり絶対勝たないかんばい！　景品は色鉛筆やったっちゃろ？」と言った。姉はだるそうに
「違うよ、クーピーの二十四色」と言った。私は焼ナスの皮を捨て、

「ミキちゃん、練習行こう！」とさらっと言った。私は銀行で貰った風船を膨らませ、去年の風船とりを見ていた下駄屋の次男坊を連れ出し、清川公園にミキちゃんと走った。

下駄屋の次男坊はひどい遠視で時代遅れの眼鏡をかけ、出っ歯だったので「ボヤッキー」と名付けられていた。ボヤッキーに競技での走る距離やおんぶから降りる時の注意点を聞き、私とミキちゃんは特訓を受けた。一週間後の運動会の当日、いつもより早起きした私はミキちゃんを起こしに行った。ミキちゃんは目を閉じたまま
「昨日、月世界にお客さん迎えに行ったら、足踏まれた。見てぇ、けろっこデメタンのごと、なってしもうた」と言う。見ると右足の親指が紫色になって倍ぐらいに腫れていた。

運動場に着いてからもずっとミキちゃんの足の事が気がかりで、せっかく沢山のお菓子があるのに、兵六餅だけを食べて願をかけた。兵六餅の箱の絵の力持ちそうな浪人が、ミキちゃんにそっくりだったからだ。

暫くして、来年の入学生と父兄が集められた。ミキちゃんは、

「こりゃいかんばい、痛かばい」とビールを飲みながら言った。私は「ミヨちゃんは？」と言った。間髪入れず母は「馬鹿言んしゃんな。ミヨちゃん、もうすぐ還暦ばい！」と言った。私はもうすぐ姥捨て山にいくのかと勘違いして、切ない気持ちでミヨちゃんに目をやると、ミヨちゃんは俯き、ビールを苦そうにすすった。私はミキちゃんに目を移し、

「とにかく、我慢して走って！　私が何とかするけん。ミキちゃんサポーターずれて刺青出とるよ」と言ってサポーターを直し、ミキちゃんの手を引いた。

「位置についてぇ」の掛け声が、何度か響いた。着飾った吉春軍団がやけに目立っていたが、敵ではないと思った。強敵は、着古したジーパン姿の柳橋連合市場軍団だが、子供らはしっかり肥えていた。本命は、清川の下駄屋と焼き鳥屋だと考えていると「ドーン」と鳴った。

私は、振り落とされないように前屈みでミキちゃんの首をもった。予想通りの展開となった。裏切り者の悪代官のような顔で風船を手に悠々と走ってくる下駄屋の次男坊を見ると、吉春住人千人を敵に回しても勝ちたいと思った。覚悟を決めた私は、下駄屋の次男坊の眼鏡を剥ぎ取って、二着の焼き鳥屋の息子目掛けて投げつけた。

私は、沢山の罵声と笑い声の中、ミキちゃんと一着でゴールした。

脱走して斧で足を切られたクンタ・キンテまではなかったが、家に戻って、婆ちゃんに何度も杖でぶたれ、下駄屋の次男坊の眼鏡の修理代にお年玉まで献上させられるはめになった。

引き出しに大事にしまい込んだ景品のクーピーを見ながら、少しだけ機嫌が良い時に母が口ずさむ歌の意味がわかった。

「私バカよね　おバカさんよね　うしろ指　うしろ指　さされても…」

第三章　清川ロータリー

秘密の花園

「ミキちゃん、買い物行こう。行きがけに桜町公園で姉ちゃんと私を置いてってー。買い物終わるまで砂場で遊びよるけん！」と声を段々高くして私は言った。
「うーっ。暑いけん、少ししてから行こうや」と象の様な足をバタッと広げて、ミキちゃんはまた寝転がった。
ミキちゃんを諦めた私は
「姉ちゃん、私ベビーカー押すけん、家中の水鉄砲を水満タンにして公園に行こうや」と足を痛めている二番姉の耳元で眩いた。姉は
「そんなん無理に決まっとう。溝に嵌って、すぐに動けんごとなる」と言った。私は
「大丈夫、道路のど真ん中やったら、平べったいけん、スーッと行くけん」と言うと、
「あ、そうか」と姉は納得した。私はおさがりのオーバーオールを着て、その五つのポケットの中に、水を入れた合計五丁の水鉄砲を一つずつ忍ばせた。ミキちゃんの高いびきの中、姉と二人でこっそりと家を出た。ドタバタと姉をベビーカーに乗せ、家の前の道路のど真ん中を、清川のロータリーにたっているペプシコーラの看板目掛けて急いだ。あともう少しでロータリーという時に、前から旋回して来たタクシーにクラクションを鳴らされた。追い立てられる様に反対側によけたつもりが、そのまま二人共、ロータリーの小さな花壇の中に投げ出された。二人と

も、不思議なことに無傷だった。騒ぎを聞きつけた清川住人が、すぐに沢山集まった。その中におでん屋「北八」のおばさんがいた。おばさんとは顔馴染みだったため、すぐに家に走ってくれ、ミキちゃんとミヨちゃんが駆けつけた。二人は蒼ざめた顔をして

「あんた達、もう二度と外出さんよ！　子供やけん、助かっとっちゃがー」と叱った。二人ともミキちゃんに担がれ、家に戻った。すぐさま、婆ちゃんの部屋に寝かされ、婆ちゃんから恐ろしい口調で、

「絶対動かんごとしんしゃい。わかったね！」と強く言われ、固まっていた。

暫くすると一番上の姉が、

「あんた達、本当馬鹿やね。ロータリーは恐ろしいとよ。あそこは、昔、井戸やったとよ。その井戸に、沢山の売られて来た女の人が飛び込んで自殺しとうっちゃん。それから、あそこで立小便しよった女売りの男が何人も車に礫かれて死んどうとよ。あそこは、恐ろしい呪いがあるっちゃけん」と偉そうに鼻を鳴らした。すると、婆ちゃんが

「子供やけん、助けてくれとんしゃあとよ…」と眩いた。私は、仏さんの方をじっと見ている婆ちゃんに

「何で、子供やったら助かると？」と振り寄った。

「昔、婆ちゃんが若い頃に三味線の先生から聞いたばってん、みなしごの雪と花という姉妹が肺病になってしもうて、雪は先に死んだ花の亡骸を抱いて井戸に飛び込んだとさ…それから、あの井戸水は赤うなったとか…聞いた…」と恐山のイタコの様に眩いた。

その夜、私は夢を見た。ロータリーに植え込んであった向日葵が伸びて来て私の首に巻き付いてくる、という恐ろしい夢だった。

目が覚めて、すぐにロータリーを見に行った。昨日、私達のために犠牲となって何本かの向日葵が首を垂らして

いた。私は、家からセロハンテープを持って来て補修した。それから毎日、水鉄砲五丁で水をあげに行くようになった。背の高い向日葵に囲まれ、中央にはパンジーが植えられているこの場所は、屈むと外からは全く見えない。私の絶好の隠れ処となった。私は、この隠れ処を誰にも内緒にしておいたが、一月もしないうちに向日葵が枯れてしまった。ほんの少しの間だったが、私はこのロータリーの秘密の花園の番人となった。

赤サギ

ある日の給食時間だった。小学生になった私は、大好物の鶏の唐揚げを口に入れ、噛むとグニュッと違和感を感じた。慌てて廊下に出て鏡を見ると下の前歯が取れそうだった。

帰りの会が終わると、一目散に内藤酒店に走った。内藤酒店は、酒はもちろんのことお菓子やつまみも売っていて、店の中には小さなテーブルと、丸い椅子が置いてあった。テーブルでは、眉に墨の入った爺さん達が花札をしながら酒を呑んでいた。私は、勢いよく硝子戸を開けて

「内藤さーん！　下の歯が抜けそうやけん、硬い方のスルメくださーい！」と元気良く言うと、いつもの花札のメンバーの一人が、

「良かなぁ、歯が抜けてもまた生えてくるんやけん、羨ましかー」と言う。

店の新顔の男が「くすっ」と笑った。男はすらっとして色白で、片方に八重歯があった。内藤さんは、いつもの笑顔で「一本だけよー」と言いながらスルメの串を手渡してくれた。私は男の丸椅子の横にちょこんと座って、スルメを噛みしめる。すると内藤さんが、

「このおじちゃん、良か男やろう、京都から先週来んしゃったげな。美枝ちゃん、帰りがけに銭湯の場所教えてやって」と私を拝んだ。

「いいよー。おじちゃん、柳徳湯は入れ墨の入ってない男の人はあんまりおらんけんねー、大丈夫かいな？」

と、スルメを噛みしめながら大人ぶって答えた。

するとと男はにやりとして、

「大丈夫、おじちゃんも背中には入れ墨してるから…」

と言うのでびっくりした。そんなことで驚いたら、清川の女戦士の名が廃る。

「じゃあ、私が今日は風呂屋に一緒に行くけん、おじちゃんの入れ墨ば見ちゃる。これでも私、柳徳湯の入れ墨審査委員長やけん！」と胸を張って言った。全員が大笑いしたので少し恥ずかしくなった私は、

「風呂セット持ってすぐに戻って来るけん、おじちゃん待っとって！」と叫んで家に戻った。帰り道、ふと大事なことに気付いた。歯は抜けていないのにスルメを呑み込んでしまっていた。

風呂セットを持って内藤酒店に戻ると、

「内藤さん、まだ抜けとらんけんスルメもう一本！　案内料！」と上目使いに内藤さんを見上げると
「わかった、わかった」と二本もくれた。

色白のおじちゃんと歩きながら、

「ここの焼きソバは、バリッと美味しい。でも、ヤクザが多い」などと、野暮な説明をした。おじちゃんはにこやかに頷いていた。

風呂屋に入ると、おじちゃんは籠ではなく木ロッカーの中に着替えを入れていた。背中見たさにこっそり近寄ると、おじちゃんの体から何とも言えない匂いが漂っていた。そば湯のような、薄っすらとして、でもしっかりと鼻

に残る匂いだった。私は、風呂代を出して貰ったお礼に背中を流してやった。

「おじちゃんの入れ墨は何か絵みたいに綺麗やん。そういえば、パチンコ帰りの客から貰う兵六餅のおまけカードにこんな赤鬼が載っとった」と言うと、

「これは、赤鬼じゃない、雷神なんだよ」と優しく微笑んだ。

「ふーん、じゃあ神様たい」と呟きながら、おじちゃんの匂いの理由を考えながら、力を入れて背中を擦った。

風呂からあがって服に着替えていると、顔見知りの般若と鷹の刺青の二人が入って来た。

「あれー、お前、今日は早いなぁー」

「そう、今日は内藤さんに頼まれて、京都から来んしゃった雷神さんの入れ墨しとるおじちゃんば連れて来たと…」と答えると、二人はギラギラした野犬の眼でおじちゃんの背中を睨んだ。私は、

「内藤さんが、『二人にも仲良うしてやってください』って言っとんしゃった」と、言われてもないのに伝えた。

二人は、少し柔らいだ顔をしたが、鷹の刺青は私に手招きして、「ありゃあ、俺達とは違うぞ。赤サギじゃろう、お前あんまりひっつかんが良かぞ」と小声で呟いた。

「なんね？　その赤サギってなんね？」

「しっ、家帰って、母ちゃんに訊け」と、浴場のドアを「ガラガラ」と音を立てて開け、湯煙の中に消えて行った。

帰り道、「おじちゃん、どうして京都から博多に来たと？」と男の白い首筋を見上げた。

「まっ、色々あってねー、子供には話せんなー。あっ、それよりも歯は抜けた？」と上手にかわされた。

「そうやった。忘れとった」

「明日まで抜けなかったら、おじちゃんが抜いて、おんぶして屋根の上に投げてあげるね」と優しく微笑んだ。生まれて初めて、テレビに出てくる俳優さんの台詞の様な言葉とおんぶに心打たれた私は、歯が抜けないように夕ご

飯はあまり食べなかった。雷神のおじちゃんのことも誰にも喋らなかった。

夜、布団に入ってから鷹の入れ墨の男が言った「赤サギ」の意味が知りたくてしょうがない。そんな時に限って、お店にお客さんが遅くまで居る。十二時を回った頃、やっと母親はドタンバタンと音を立て、しゃっくりをしながら洗面器片手に二階に上がって来た。すぐに飛び起きて、

「ねぇ、赤サギって何？」と訊くと、

「はぁー？ あんた、また風呂屋で変な話聞いてきとったい。『赤サギ』っちゃ、結婚するけんて言うときながら、女ばだまして金ば取る奴のことたい！」と吐き捨てる様に言った。

「じゃあ、いい男やないと赤サギにはなれんちゃね？」と呟くと、母親は、

「ふっふっ、あんたはまだ何も分かっとらんねぇ、赤サギはあんまりいい男は務まらん。〃中の下〃やなからないかん。あんまり色男やったら、みんな用心するやろう。どこにでもおる普通の男がいいったい」とボソリと言った。

「普通の男やったら、見分けつかんやん、何かこれっていう特徴がないとー？」と私は眠い瞼を押し上げた。

酒が回ると冗舌になる母親は、破れた襖の隅を見つめながら、

「そうやね、そういやぁ、昔まだ清川が繁盛しよった頃に、うちの店でボーイをしよった男がおった。背も高うないし、そげん良か男でもなかったばってん、三軒もどこかのママさんからお金ば巻き上げてからドロンしたもんねー。酒も煙草もやらん男やったが、体臭のえらいキツかった。やっぱ、男も女も色の濃いとは独特な臭いのするもんね」と言った。私のキョトンとした顔を見つめて、また母は話を続けた。

「あんたが、『良うスカン』と言うて馬鹿にしよう、クリーニング屋のマルチーズ飼っとるおばさんがおろうが…」

「ああ、猿の惑星のコーデリアおばさんのこと？」

母親は笑いながら

「そうたい！　あのおばさんは、若い時凄かったとよー。沢山男がおってから、一度は妻子持ちの男ば骨抜きにしてもうて、ボヤ騒ぎになったっちゃけん…」と懐かしそうに語る。

「じゃあ、あのおばちゃん若い時は美人やったとかいなー？」私が目をぱちぱちすると、

「いいや、全然変わらん。若い時から、色黒で口の横の皴が深うて、ヤギが髭生やしたごたあ顔ばしとった」

「でも、何であのおばちゃんがそんなにモテるわけ？」

「知らん。ばってが、男はあのおばちゃんに夢中になるけんね。あのおばちゃんも、地味で煙草もやらんもんね。でもミキちゃんが言いよったが、『あのおばちゃんからはタケノコを茹でたようなエグイ匂いがする』って言いよった」

「あのおばちゃんは、ずっと昔からあの髪型なわけ？　あのコーデリアヘアは…」

「あの人は、ずーっとあの頭やね。だいたい色濃い女は、殆どボブやね」

「そういやぁ、うちの親父の女もボブやねー」と私が納得したところで、

「もう、いいけん。いたらん事ばっかり話さんで早う寝んしゃい」と、一気に機嫌を悪くした様子だった。

次の日、私はルンルン気分でグラグラした歯のまま内藤酒店へ行った。元気よくガラス戸を開け、

「おじちゃん、歯抜けとらんけん早う抜いて、おんぶして屋根の上に投げよう！」と言うと、

「ようし！」と雷神のおじちゃんはやる気満々だった。内藤さんは、ニコニコしながら糸を持って来た。おじちゃんは、優しく私の歯に糸を結び付け
「十数えてごらん」と言う。

「一、二、三、四、…」と数えていたら抜けた。一同拍手の上に「おめでとう！」まで言われ、まるで誕生日気分。

おじちゃんは約束通り私をおんぶして店の前へ出た。糸の付いた歯を渡して

「思いっきり、高く投げるんだよ」と言った。私は思いっきり高く飛ばした。

次の日も楽しみにして、学校帰りに内藤酒店に寄った。

「あれ、雷神のおじちゃんおらんと？」と内藤さんに訊くと、

「あのおじちゃんは、今日から仕事やけん。夜遅くしか来んよー残念！」と言う。

「何の仕事？」

「よう分からんばってん、絵を売る仕事ば手伝うげな」と、内藤さんは脳天気な笑顔で答えた。

それから、私が内藤酒店でおじちゃんを見ることは無かった。少し淋しかったが、おじちゃんが真面目に仕事をする男だと知って嬉しくなった。

一月程経ったある日、

「いきなり餅巾着の食べとうなったけん、美枝ちゃんキャンデー買うちゃるけん、『北八』におでんば買いに行ってー」と気まぐれな婆ちゃんに言われ、しぶしぶ買いに出た。

少し元気の無くなった柳の木を気にしながらロータリーの手前まで来ると、人だかりが出来ていた。人の隙間をぬってようやく前に出ると、男の人がうつ伏せに倒れていた。男は白いシャツを着ていたが、血で真っ赤に染まっていた。座り込んでよく見ると、その背中には赤い雷神の絵が浮かび上がっていた。

「あっ、おじちゃんやー！」と叫ぶと、内藤さんが走り寄って来て、

「美枝ちゃん、見たらいかん」と言う。手を引っぱられたが腰に力が入らず立てなかった。救急車が、打ち上げられた錦鯉の様になったおじちゃんを運んで行った。

内藤さんは神妙な顔つきでジャンパーの中から一冊の本を出して、カブの後ろの荷載せに置いた。すぐに私を抱っこして本の上に乗せ、カブを走らせた。

家の前に着き、ドアのライオン型真鍮ノックと目があった瞬間、我慢していたオシッコを漏らしてしまった。私は、内藤さんがミキちゃんと話している間に、オシッコで濡れた本を隠して、こっそりと家の中に戻った。焼ナスを焼いているミヨちゃんに、訳を話して本を手渡すと、

「もう、染み込んどるけんつまらんばい。本は紙で出来とるけんねぇ」と変な笑みを浮かべた。本をよく見ると、「待ちきれない花嫁」という題で、ウェディング・ドレスを着た女が尻をぷるんと出していた。私が、

「なーん！　大事そうにしとったけん心配しとったのに、こんな本ば胸に入れてから！　内藤さんは仲本工事にそっくりやけん、真面目かと思っとったのにー！」と啄木鳥の様に口を尖らせた。ミヨちゃんは、

「内藤さんは、嫁さん貰いたくてもお母さんは半身不随やし、兄さんはヤクザもんやし…可哀想とよ…」と弁護した。それを聞いていたミキちゃんも、

「そうやろうね、内藤さんも四十過ぎやし、本当は嫁さんが欲しいとばい…。美枝ちゃん、もう本のことは知らん顔しときんしゃい」と同情した。


一月後、内藤酒店の前を通ると、内藤さんが手招きするので、中に入ると、雷神のおじちゃんが包帯を頭にぐるぐる巻かれて座っていた。花札の二人組から、〝事故に遭った時に保険屋からお金をふんだくる方法〟とやらを伝授されていた。

第四章　清らかな男たち

ハンタカ

テレビを点けても街を歩いても寺尾聰の「ルビーの指輪」が流れていた。寒い冬、清川町でもサングラスと赤い指輪が流行っていた。私の店は、閑古鳥が鳴き始めたようで、つま楊枝片手にミキちゃんが、

「うちもルビーの指輪欲しかぁ、誰か買うてくれんかいな……」と呟き、毛抜き片手にミヨちゃんが、

「うちも……」と溜め息をつき、帳簿片手に母親が、

「景気のいい奴おらんね……」と何度も繰り返していた。

私の方は、そんな事お構い無しに店のつけで内藤酒店に寄っては、〝ジュエルリング〟という指輪型のアメを何個も手に入れた。赤以外はミキちゃんとミヨちゃんにあげ、赤が出ると大喜びで皆に見せびらかし舐めていた。

そんなある日、二番姉が耳を押さえながら帰って来た。

「美枝子、スターウォーズごっこしよう！」と言った。私は、三階の雛人形の小道具入れに隠しておいた、店を出て行った加代ちゃんが頭に詰めていた毛たぼを持って来た。その次に、おたまを丸く曲げたインカム、阿蘇のお客さんに貰ったカウボーイハットを物置に集めた。姉は、ハンソロの宇宙船〝ファルコン号〟を作るために、カバーの外れた剥き出しのコタツを縦に立てた。その上にシーツを被せ、三輪車を突っ込み、ペダルには足の悪い婆ちゃんが二秒しか使わない青竹踏みを置いた。真ん中には、黒いスイッチをＯＮにすると両手で押さえないと遠くへ行

ってしまうアンマ器を、エンジンとして置いた。

私は、加代ちゃんの形見として持っていた毛たぼを全身にくっ付け〝チューバッカ〟に変身した。姉もカウボーイハットを被り、

「チューバッカ！　急いでここを脱出するぞ、連合軍に見つかった」と言う。

「ウオー、オウ、オゥ」と叫びアンマ器のスイッチを入れた。姉は、足でコタツを揺らしながら、

「チューバッカ、大変だエンジンをやられた！」と叫んだと同時に襖が開き、

「あんた達、ここで遊びんしゃんな、らっきょうの瓶やら割ったら大ごとするけん」と婆ちゃんがチャチャを入れた。姉は瞳を星のように輝かせ、

「チューバッカ騙されるな！　あいつはマスターヨーダではない。ダースベイダーが見せる幻だ！」と叫ぶ。婆ちゃんは、

「らっきょうひっくり返したら、承知せんけんね！」と言って、杖で姉の足を烈しく打って出て行った。私が気を取り直したところで姉が、

「やっぱ足が痛い、折れたかも？」と呟く。私は姉の足を見るために後方に回った。姉の小指は真っ赤に腫れあがっていた。

「姉ちゃん、これ病院行きかもしれん」と伝えると、姉が私の頭を見て、

「うわぁー！」と叫んだ。私の頭のてっぺんから突然火の玉が転がり落ち、チューバッカ役の私は、全身火だるまになった。姉は、すぐにらっきょうの瓶をひっくり返し、私の頭からひっかけた。おかげで火は鎮火した。火元はカバーの無いコタツであったにも関わらず、私達は罰として地下の倉庫に閉じ込められた。

姉は、黒目の奥でじっと私を見つめ、

「美枝子、俺は今から姉ちゃんじゃない、俺は女を捨てて柔道家を目指す。そしてあの親父を早いところ投げ飛ばしてやる。お前も何か取り得がないと、女はミキちゃんとミヨちゃんみたいに入れ歯爺さんにチューして金貰わないかんごとなるけん、何か考えろ！」と珍しく姉さん風を吹かせた。私は、運動は全く苦手だったので、

「分かった。勉強で頑張る」と言った。

「お前がもし、誰かにいじめられたら、俺がやっつけてやるけん！　がむしゃらで勉強しろ！　これは俺達の誓いや。その証しに俺の大切なキングギドラの消しゴムをお前に預けるけん」と姉が力強く言った。私は、

「ありがとう」と返事をしながらも非常に困った。

何故かというと、三日前に吉春公園で姉のキングギドラ消しゴムを友達に見せびらかしていた時に、中野という男子の、腹違いの不良兄貴が近づいて来て、取られてしまったからだ。私は色々考えたが、この不良兄貴からキングギドラを取り戻すために、彫刻刀をポケットに忍ばせて闘いに行く覚悟を決めた。

彫刻刀の切だし刀を選んで、紫色のハンカチに包み、カーディガンのポケットに突っ込んで玄関を出た。柳の葉は、風に強く揺られていて、先の尖った針葉樹の様に思えた。足取りの重くなっていた私は、金魚屋をどんよりと眺めた。一匹だけ、尾のちぎれた赤い琉金が不恰好に泳いでいた。もしあのキングギドラを不良中学生から取り戻すことが出来たら、この琉金を小遣いで買って帰ろうと思った。琉金に、

「きっと帰って来るから、それまで待つんだぞ」とキザな台詞を吐いて、清川のサンロード商店街まで走った。そこから、信号を渡ると「サンセルコ」、渡辺通りになる。ポケットの中の彫刻刀を握り、信号が青に変わる。信号機に合わせて唄い出す。

「通りゃんせ、通りゃんせ、ここは何処の細道じゃ、天神様の細道じゃ…行きは良い良い帰りは怖い……」とまで唄うと、心細くなって引き返し、サンロード商店街の裏に住んでいる般若と鷹の刺青をした兄さん二人に会いに行

った。タイミング良く、二人は風呂屋へ出掛けようとアパートの下で雪駄を履いている所だった。私は、「おーおっ」と声をあげ、二人はにんまりと手を上げた。二人に駆け寄り、

「姉ちゃんの大事なキングギドラの消しゴムを吉春の不良中学生から取り戻しに行くけん！」と叫ぶと、二人は笑っている。少し頭にきて、

「笑わんといてー、相手は中学生の男やけん普通に闘ってもらちあかんけん、彫刻刀を持って来とっちゃん」と二人の黒目をじっと見上げた。

「わかった。わかった。ついて来てやるけん」と言ってくれて、ほっとした。

私は、刺青のある男二人を連れて、さっきひき返した信号を悠々と渡った。二人の雪駄の音で「帰りは怖い」の不吉な歌は掻き消された。

吉春公民館の前まで来ると、私の嫌いなボブの音楽教師が立っていた。私は、わざと大きな声で「こんにちは」と挨拶した。先生の方は、目を合わせず頭を下げただけだった。

二人は私に、

「あいつ、先公か？」と訊いた。

「そう、音楽の先生で私いっちょん好かんと。だって、たいがい私のこと馬鹿にするとよ。この間、東京から来た転入生が、母親のことを『ママ』って呼んでるって言うけん、『私もよー！』って言ったら、『イワサキ、あんたのママと、斎藤さんのママは全く違うからねぇ』って変な目して笑っとった」と言うと、二人は大ウケして、

「お前、あの先公に絶対嫌われとるばい」と言った。

すぐに目的地である〝ときわ荘〟という古くて階段が錆びついたアパートに着いた。二人には、下でこっそりと隠れてもらった。私はドアを強気で「トントン」とノックした。中からは人の気配がしたが、誰も出てこない。私

はドアの新聞受けのフタを押して、

「私がこないだ持ってたキングギドラ、あれは姉ちゃんの宝物やけん返してー」と叫ぶと、中から笑い声と共に、

「誰が返すか、さっさと帰れ」の声が聞こえた。

私は、二人に合図を送った。二人は、雪駄の音を激しく立てて、鉄の階段を上って来た。形相を変えてドアの前に立ち、

「こらぁ、お前ら、さっさと返さんかー」と怒鳴った。

すぐに新聞受けのフタからころりと赤いキングギドラが落ちて来た。私は、

「ヤッター！」と叫んだ。しかし、そのキングギドラの尾は切断されていた。

帰り道、二人は私に、

「お前、もう不良中学生と闘おうなんて思うな、俺達は来年から大阪に行くけん。あっちで、マンションに住むぜー」と言った。二人は、男前のスマイルで自慢げに話していたが、私の心は背後からドスで突かれた様に痛かった。

約束通り、尾のちぎれた金魚を買って帰った。私は尾のない金魚に、「ハンタカ」と名付けた。餌をやる度に、般若と鷹の入れ墨の二人の事を思い出した。ハンタカは、十二年も私を見守り続けてくれた。

幸せの黄色いヨッちゃんTシャツ

清川の町は、店を畳む人が多くなり夜のネオンもだんだん少なくなっていった。柳の木も栄養がお日様だけだったから、元気がないまま、たくさんの蝉にいいように吸い付かれていた。

内藤酒店に着くと、いつもの花札のメンバーが「暑かぁ、暑かぁ…」とだらだらと札を切っていた。私は冷蔵庫の中から六個のかき氷を見つけ出し、ガラスケースの上に置いた。おさがりの袖口がぴらぴらと伸びたTシャツに短く裾を切り開いたオーバーオールを着ていたから、花札メンバーに、

「ねえ、私のこの格好ヘン?」と洩らした。長老のおやじが抜け落ちた歯から空気を洩らしながら、

「ああ、なんか悪そう坊主のごたるなあ…」と答えた。

「はーむかつく！　聞かんどきゃ良かったぁ！」と膨れると皆笑ったが、私は一昔前の花街の女のように、ぷんぷんと店を出た。

一週間後の昼、酒の配達に来た内藤さんが
「美枝ちゃーん、おるなー?　白いブラウス買うちゃるけん、ダイエーに行こう」と呼んだ。私は少し驚きながら、

「はぁ、明日が私の誕生日って知っとったとー?」と階段を駆け降りた。

久しぶりのプレゼントに心踊らせ、内藤さんと一丁目商店街の入り口にあるダイエーに向かった。古びたシミのついたコンクリートで無駄に大きく造られたダイエーには、珍しく人だかりが出来ていた。ダイエー清川店は、閉店の為「売り尽くしセール」をしていたからだ。

店の中では、普段「金が無い無い…」と眩いていた清川住民達が形相を変え、たくさんの品物を掴みあっていた。

衣料品コーナーには、人相の悪い中年のおばさん達が集中している。お人好しの内藤さんでは絶対に近寄れないと確信した。

「ふーん」と鼻を鳴らし、野良犬のように周りを見渡すと、「アイドルのプリントTシャツ一枚千円」とあった。たのきんトリオやピンクレディー、西城秀樹の顔の付いたシャツが飾ってあった。そこは、人っ子一人近寄ってはいない。私は少し困り顔をしていた内藤さんに、

「内藤さん、どうせ白いブラウス着ていくとこないけん、たのきんトリオのTシャツ買ってー」と言った。

「そうやねぇ、これじゃあ前にも行かれんけん、たのきんのTシャツにしとこうか！」内藤さんは、ほっとした声を出した。私が、「うんうん、そうする！」と二回頷くと、内藤さんはポケットから百円玉を取り出し、「これで、ソフトクリーム食べときー」と言って、Tシャツ・コーナーに走って行った。ソフトクリームの尻尾を口に入れると、内藤さんが紙袋を抱えて戻ってきた。

「せっかくやけん、喧嘩せんごと、姉妹三人分買って来たよー」と、恵比須さんの様な笑みを浮かべた。私は内藤さんの笑みの中に、少し悪い予感を感じた。

家に帰って、紙袋を開けた時、予感は的中した。たのきんトリオの三人が一緒にプリントされたTシャツを頼んだはずが、赤＝トシちゃん、青＝マッチ、黄＝ヨッちゃんと一枚に一人ずつプリントされていたからだ。こうなると、一番上の姉はトシちゃんの大ファンだから必ず赤を取る。二番目の姉は、アイドルには全く興味は無いが、〝おとこ女〟で、Tシャツは青と黒しか着ないから、必ず青のマッチを取る。すると私の手元には黄色のヨッちゃんしか残らない。私は、ヨッちゃんの顔は正直好きではなかったし、クラスにもヨッちゃんを好きな子は一人も居なかったから、絶対に着て行けないと思った。すぐに姉二人が現れて、私の話も聞かずにトシちゃんとマッチを奪って行った。私は仕方なくヨッちゃんのTシャツを着て、婆ちゃんの前に立ち

「婆ちゃん、これどう？」と訊いた。婆ちゃんは、うつらうつらしながら顔を上げ、

「あっ、いいやないね、内藤さんに買うて貰うたっちゃろー。野口五郎やら載ってから、ほんに良かねー」と言う。

婆ちゃんの言葉で奈落の底まで突き落とされた私は、掃除機を武器に最強の姉二人に決闘を挑んだ。

音楽がガンガン鳴っている二人の部屋の前に立つと、私には勝ち目がないということに気付いた。一番上の姉は去年水泳部のバタフライで県大会にも出場した腕力、二番目の姉は小五でもうすぐ黒帯という柔道少女、二人共体重は私の倍以上あり、八〇キロは優に超えていた。しかし、ここで引き下がっては女が廃る。

「姉ちゃん、明日、私の誕生日っちゃけん。せめてジャンケンしようやー！」と叫んだ。

「つまらん！　怪我しとうないなら、さっさと帰れ！」と二人声を合わせて言った。

「イヤや！　絶対にジャンケンする迄、ここ動かんけんね！」と私は覚悟を決めて座り込んだ。

暫くすると、いつも仲の悪い二人が腕組みしながら片足を交々に上げ、イレブンＰＭの曲を
「シャバダバ　ダバダバー」と声を上げながら、赤と青のＴシャツを着て出て来た。二人共、踊りながら、

「残念でしたー。このＴシャツは私達のサイズに生まれ変わりました！」と百万ドルの笑顔で言う。横に伸びきったマッチとトシちゃんを瞼に焼き付け、戦意喪失した私は、大人しくヨッちゃんのＴシャツを握りしめ、自分の部屋で泣いた。

夜遅く母親が帰って来て、Ｔシャツの話をすると、母は私からヨッちゃんのＴシャツを受け取り、しばらくヨッちゃんを見つめ
「鈴子も史枝もつまらんねー、たのきんトリオの中で、ヨッちゃんが一番運の強そうな顔しとうのにねえ、見てご覧この大きな鼻、男は鼻の大きくなからなつまらんとばい。今から、ヨッちゃんの時代が来る。間違いない！」と言い放った。

新学期の朝、母親にまんまと乗せられた私は、キュロットの上に黄色いヨッちゃんTシャツを着て学校に行った。案の定、友達や男子に思った以上にからかわれた。その度に母親の言った通りの事を皆に喋った。男子の中に、「どうしても、お前の言う事が納得出来ん…」と言い返してくる奴がいたために、私はムキになり、「よーく思い出してん、北島三郎もジャッキー・チェンも鼻が大きかろうが…だけん、鼻が大きい男やないと運が良くないったい！」と強く言い返した。

一週間後、学校から家に戻ると玄関先に小さなズック三つと、くたびれたパンプスを見つけた。お客さんがいることに少し心踊らせた。

「ただいまー」といつもより元気良く応接間に入った。

母親と、深刻そうな顔をした女と、無表情のコケシの様な娘が三人、無理にお利口さんにしていた。

「お帰りー」とだけ眩くと母親は重い顎をひょいと手で上げて

「うちも、本当に雇ってあげたいんだけど…不景気すぎて給料出せんとよ…」

「そうですか…。どんな事でも辛抱しますんで、何とか一月だけでも…」と女は食い下がった。

「保険のセールスだけでは、食べて行かれんとね？」と母親は珍しく優しく言った。

「はあ、今月もノルマをこなせなくなって、もう来月は、おそらくクビです…」と女は涙ぐんだ。娘三人も重たそうに顎を下げた。母親もその光景を痛ましく思ったようで、

「そんなら、うちにおるゴキブリ亭主が、よう魚釣りに行くけん、海で死んだらドーンと入る保険やら…ある？」と目を輝かせて言った。女も仏様を拝むように、

「あります！　あります！　本当に有難うございます」と目を光らせた。

一か月後、陽射しが弱くなり柳の木も少し元気になった頃、父親が釣りの準備を機嫌良さげに鼻歌まじりで始め

た。私達姉妹三人は集まって、珍しく顔を近寄せた。

「ついとうよ。今度は長崎の五島列島らしいよ！　石鯛釣りやけん、死ぬ確率が高いぞ。でも、そう簡単に海に落ちたりせんもんねー」と一番上の姉が舌打ちしながら言った。二番目の姉が
「じゃあ、ゴム長の底に蝋を塗りまくるか…」と重々しく口を開く。

「そんなんじゃ甘い！　あいつ泳げるけんテトラポットか渦潮目掛けて、突き落とさんと死なんばい！」と一番上の姉が私の目を鋭く見た。私は促されるように、

「よっしゃ、内藤さんも行くやろうけん、絶対に上がって来れんように突き落としてって、頼んでくる！」と内藤酒店に走った。

　配達から戻ったばかりの内藤さんは、帳面片手に忙しそうにしていたが、私を見るといつものニヤリ笑顔を見せた。

「内藤さん、一生に一度のお願いがあるっちゃん。訊いてくれる？」

「うん、いいよ！」と軽く、眼鏡を汚れた手で拭きながら私を見た。

「いま『いいよ』って言ったよねー！」と私は黒目の底から内藤さんを見つめた。

「ねえ、内藤さん、明後日うちの親父と魚釣りに行くやろう。その時、絶対に上がって来られんようなテトラポットか渦潮に、親父を突き落としてー！」とズックの踵に力を入れて叫んだ。内藤さんの口元が一瞬緩んだのを見逃さなかった私は、

「笑いごとやない。こんな事を頼めるのは内藤さんだけやもん。この間、三人の子連れの保険のセールスの人が、うちで働きたいって来た時に、可哀想やったけん、海で死んだら、どーんと金が入る保険に入ったけん、早う親父を始末してくれんと、本当にうち大変な事になるっちゃけん！」と私は足をバタバタさせて叫んだ。

「あーい、わっかりましたー！」と内藤さんは、どうでもいい様な返事をした。

私は、口を開けて見ていた花札メンバー達に、

「内藤さんが、約束したの皆聞いたよね？　証人になってね！」と吐き捨てて、内藤酒店を出た。

その夜、私達姉妹は父親が死んだ後の保険金で、たくさんの計画を考えた。珍しく、心穏やかな夜を過ごした。

三日後、私は警察からの知らせを、電話器の横でじっと待った。しかし、夕方になってうつらうつらしていると、父親の声が聞こえて来た。小さな蠍の毒を溜め込みながら、階段を降りた。見たくなかった日焼けした父親の笑顔を見た途端、

「みんなー大変！　あいつ生きとうよー！」と階段を駆け上がった。部屋に戻ると、姉二人があぐらをかきながら
「やっぱ、内藤さんじゃ無理やったねー、美枝子に行かせんどきゃ良かった」と睨み付けられた。私はこれ以上責められまいと、内藤酒店に走り出した。内藤酒店のシャッターは半分閉まっていたが、中から内藤さんの能天気な声を聞くと、私は何だか腹が立ってきて、中へ転がり込んだ。

「内藤さん嘘ついたね！　あんなに頼んどったのにー！」と泣き叫んだ。内藤さんは、「今回はミスったけど…今度は絶対やってやるから…」とアイスキャンデーを手渡した。それを聞いた払は、

「絶対やけんね！」と念を押し、アイスキャンデー片手に戻った。

十月に入って、柳の木が蒼さを無くした頃、私は学校帰りの風に嫌な生ぬるさを感じながら家に戻った。玄関先は、妙に片付いていてミキちゃんもミヨちゃんも居なかった。

婆ちゃんの部屋を開けると、鬼婆二人（母親と祖母）が泣いている。私はその光景にゾクッとした。

「美枝ちゃん、あんたも内藤さんところついて来んしゃい。赤ちゃんの時から可愛がって貰うとろうが…」と嗄声をあげた。

「はあー？　何で？」と、私が目を丸くしていると、母親は、

「内藤さん、今朝、ニューオータニの前でトラックに礫かれて死んだったい…」と鶏の首を絞めた様な声を出した。

私は一人部屋に戻り、泣きながら心の中で考えた。

「内藤さんには、半身不随のお母さんがいて、店の事や看病やら全部を内藤さんが一人でやっている。内藤さんが死んだら…そんな事ってあるか…死ぬのは内藤さんじゃなく、うちの親父だ。神さんあんなに頼んだのに、絶対何かの間違いやー！」と心の中で叫んだ。

私の脳裏には、幼い頃にはまっていた「プリンプリン物語―人形劇」が蘇った。

主人公のお供役の青年が死んでしまった時、悪い奴の「命の蝋燭」を青年の蝋燭に足して青年が蘇ったシーンを思い浮かべた。

仏壇に向かい正座して手を合わせ、拝んでいるふりをしながら、こっそりと二本の蝋燭を手に入れた。自分の部屋に戻った私は、黒いマジックで、一本ずつ「岩崎博之」と「内藤明」と心を込めて書いた。仏壇の前へ戻り、蝋燭二本に火を点けた。熱く溶けた蝋が私の指に落ちた。内藤さんの命を取り戻すには、これくらいの代償は当たり前と思った。

「神さん、お願いします。『親父を殺してくれ』と内藤さんに頼んだんは私です。だから、内藤さんを連れて行かんといて下さい。その代わりに、うちの親父の命を差し上げます。私は、今から蝋燭の熱いお仕置きを受けます…」と心の中で眩いた。

婆ちゃんが「美枝ちゃん！　あんた、何ばしようとねー！　そげな馬鹿なことしでかしてから、火事になるけん早う消しんしゃい！」と言いながら、杖で私の手を打った。私は何とか婆ちゃんの攻撃に持ちこたえ、父親の釣り道具入れの小さな部屋に避難した。

陽の当たらない、電気もない、真っ暗な部屋からは、父親の歯槽膿漏の匂いと撒き餌の干からびた匂いが、私を襲った。弱々しく燃えている蝋燭の炎の先には、釣竿のケースの中で息絶えてミイラ化した子鼠が、こちらの様子を見つめていた。私は、逃げ出したかったが短くへし折った父親の蝋燭が燃え尽きるまでは何が何でも耐えようと思った。父親の蝋燭の炎が黒いススを出して消えた。私は何とも言えない達成感を味わい、内藤さんに貰った黄色いTシャツに着替えて、内藤酒店に走った。

酒店には、たくさんの清川住人がお通夜に集まっていた。中に入って、花札メンバーの長老の爺さんを見つけた私は、

「おじちゃん、私、親父の命を内藤さんに捧げる儀式をやったけん、内藤さん生き返るかもしれんけん、顔ば見よう！」と叫んだ。

「いいや、これで良かったと…内藤さんは、重い肝硬変に罹っとったけん、どっちみちそう長くはなかった。トラックに礫かれたとは言っても、頭を打って即死やったとやけん、苦しんまんで良かったとばい…お前、内藤さんの顔を見てみろ。いい死に顔しとるけん！」

私は涙を流しながら、棺桶の扉を開けて内藤さんの顔を見た。本当に、いつもの内藤さんのむっつり笑顔だった。

帰り道、涙と鼻水が止まらず、何度もヨッちゃんTシャツで拭った。ふとTシャツの中のヨッちゃんが内藤さんに見えた。

「お父さん、殺せんでスマンなぁ」と謝っていた。

ジュディ・オングに魅せられて　（未発表作）

小学校のクラスの仲間では「ザ・ベストテン」という黒柳徹子と久米宏が司会する音楽番組の話題で持ちきりだった。私も、木曜日の夜九時からはテレビにかじり付いていた。中でも一番のお気に入りは、ジュディ・オングの唄う「魅せられて」だった。私は、婆ちゃんのボロボロのシーツを被ってものまねを披露していた。しかし、心の中ではこのボロボロのシーツとジュディ・オングの純白できらびやかな衣装を比べ、妙な喪失感を味わっていた。

博多どんたくも終わり、人波が落ち着いた頃、一丁目商店街を通って家に帰っていると「衣料のフジマル」という、衣料だったら何でも安く叩き売っている店があった。入り口に〝現品処分！　夏布団〟と貼り紙された、ピンク色のスケスケでキラキラしたごく薄の布団が飾ってある。私は、白色のがあればいいのにと思いながら、重なった布団を一枚ずつめくった。すると一番下に白が二枚だけあった。その様子の一部始終を見ていた店員は

「家に帰って、お母さんと来んしゃい」と無愛想に言った。

「白いのは二枚だけ？」と尋ねると、

「清川では白はあんまり売れんもんね、ピンクやないと…」とニヤリと呟いた。私は一目散に帰り、家中の人に頼んだが駄目だった。私は悔しさをぐっとこらえ、一休さんの様に座禅を組んで目を閉じた。あの店に残っている白の布団は、私がジュデイ・オングのものまねをする時には欠かせないものである。今迄シーツ一枚だけで腕を広げる事が出来なかったが、二枚をくっつけて横に広げれば完全体のジュディ・オングになれるんだ。

自分勝手な確信を得た私は、商店街の手前の裏路地にある「ホテル・エデン」を目指した。そこは「ホテル」の看板があるにも関わらず、たくさんの訳アリ刺青ヤクザが住んでいた。一〇五号室に江藤さんという、ミヨちゃん

の常連客が住んでいることを思い出した。江藤さんは、大柄で強そうだった。加えて全身に龍の刺青をしていたが、指が三本しかなかった。私は江藤さんを探し出して、必ず勝つジャンケンをして、あの白い布団を手に入れようとした。しかし、入り口に真っ裸の若い男が寝転がっており、中に入れない。私は大きな声で

「江藤さーん！　ジャンケンしよう！」と叫んだ。その度に裸の男に怒鳴られては逃げ、また近寄っては叫ぶという、ハイエナのような行動を繰り返した。しばらくして江藤さんが出て来て、

「なんじゃ、美枝子やないか」と言って立っていた。私はジャンケンする余裕をなくし、

「江藤さん、二枚しかない白の布団が絶対要るけん、フジマルまで一緒に走ってー！」と言った。江藤さんはニタニタしながらついてきた。布団のワゴンに駆け寄り、白の布団二枚掴んで江藤さんを見上げると、

「史枝の分も買わんと可哀想やけんな」と勝手に納得し、文句ひとつ言わずに買ってくれた。私は姉の事を思うと心苦しかったが、

「今度、店に来たらすごい物まね見せるけん！」と言って、

「♪フンフンフンフンフンフンフ～ンフ～ン、女は海…♪」と鼻歌まじりで唄いながらルンルン気分で家に戻った。

ところが母親にすぐにバレて、こっぴどく叱られた。その間に父が帰ってきて、

「二枚も欲張るけんたい…」と言いながら、白の一枚を袋に入れて消えた。すぐに父を追ったが見当たらず、悔しさと脱力感の中、一枚の白の布団にくるまって泣いた。それを見ていた姉が

「この布団の真ん中に穴開けりゃあいいやん」と言われ、立ち直った。真ん中に穴をあけた布団は、私をジュディ・オングの完全体にしてくれるはずだったが、寸足らずでむき出しの足が笑っていた。

一週間後、父が帰って来た。私は

「私の白の布団返して！」と憎らしく言った。父は「知らん、そんなもん」と返し、また出かけて行った。私は頭にきて父の後をつけた。すぐに父を見失ってしまったが、少し先のビルを見上げると、二階のベランダに私の白の布団が風になびいていた。

私は生まれて二度目の殺意を抱いた。家に戻り、ありったけのヘソクリを集めて、商店街の「いなり屋」というおもちゃ屋へ行った。店のおじさんの顔を見るとすぐに「親父の愛人の家がわかったけん、よく飛ぶロケット花火、あるだけください」と言った。おじさんは笑顔で百円だけ取って、

「ハイ、これサービスね！」とロケット花火をバケツ一杯くれた。私はおじさんの笑顔を応援歌にして、目的地まで走った。そして輪ゴムでロケット花火を束ね強力にして、火をつけた。

しかし、飛ばない。何度やっても、何度やっても煙が少し出るだけで、全部飛ばなかった。

「はがいかー！　おじちゃんに、ババ掴まされたー！」と一人で悔しがっているところに、ミキちゃんが現れた。

「こげな事ばしてから、大事になるところやった。いなり屋のおじちゃんには、文句やら言うたらいかんよ」と叱られた。

いなり屋のおじさんのした事が、私に対しての優しさだったと理解できるようになるまで何年もかかった。そして、素直にお礼を言える年頃になった時には、清川のおもちゃ屋さん「いなり屋」は無くなっていた。

鉞の太郎さん

小学二年の暑い夏、私の仕事は、小学校から戻るとすぐに婆ちゃんから千円札を渡され、かき氷を八人分買いに行くことだった。私は氷屋に行くのが楽しみで喜んで行った。

家から百三十歩の氷屋のおじさんは左手がなく、義手をつけていた。町の噂ではヤクザから銃で撃たれたらしい。ヤクザ三人に鉞一本で戦い、親分を助け担いで帰って来たという伝説の持ち主で、背中には富士山の刺青があった。町の人は「鉞の太郎さん」と言っていたが、私は彼になついている野良犬ポチと仲良しだったため「ポチのおじちゃん」と呼んでいた。

八月十三日、金持ちの親戚の倉富の叔母さんがうちに来た。

「美枝子は大きかね、小学二年生には見えんばい。うちの博文が中学受験に使った参考書やら何やらあるけん、今度取りにきんしゃい。塾ば四つも変えて段ボール二箱ぐらいあるけん、ミキちゃんとでも持ってってー。それから、こないだ家の馬鹿シェパードが子犬を三匹も産んどうけん、明日保健所に持って行ってもらわないかん……」と、奥歯がきしむような声で言った。私は、参考書などには全く興味がなかったが、生後間もない子犬が殺されるのがかわいそうに思ったので、

「おばちゃんありがとう。ミキちゃんと一緒に今から取りに行きます」とすぐに返事をした。ミキちゃんは、夏バテで動きたくなさそうだったが、私は強引に拝み倒して付いてきてもらった。広い庭にある犬の檻には、シェパードのパトラが三匹の子犬達に乳を飲ませていた。パトラから子犬を引き離す事に躊躇したが、殺されるよりはましだと思い、持ってきた段ボールの中に子犬三匹を急いで入れた。参考書の入った段ボール二箱と、丸々肥った子犬

三匹入りの段ボールを、ミキちゃんに車のトランクに積んでもらって帰った。

　家に帰ると婆ちゃんに
「何かおかしいと思っとったら、やっぱり。あんた子犬ば三匹も連れてきてから、どげんするとね？」と言われ、私は「大丈夫、貰い手は決まっとうけん」と氷屋に走った。

　氷屋は閉まっていたが、勝手口の横におじさんが居た。

「良かった、おじちゃんがおってくれて。これ、シェパードの子犬やけんもらって！」と歯を突き出して言った。

おじさんは困った顔をしたが、

「仕方ない、一匹は貰うちゃる。後の二匹は俺が貰い手を探してやるけん！」と言った。

　私は、胸を撫で下ろしホッとした。

　その日から、私の氷屋通いは日課となった。ついでに、犬と一緒に持ってきた参考書や顕微鏡、絵の少ない図鑑など全てに値段を付け、氷屋の前でミニ古本屋をやることにした。

　私の商売の方は、全く上がらなかったが、子犬見たさと興味本位で清川の人々が集まって来た。おかげで、おじさんのかき氷はかなりの売り上げをあげ、私も手伝わないといけない状況だった。

　夏の暑さが少し和らいで来ると客足も減り、暇になった。私は売り物になりそうもない参考書を見つめ、

「おじちゃん、これどうしょうかいな？　捨てようかいな？」と言うと、

「馬鹿な、これ見てみろ一冊三千円もするぞ！　捨てられんばい！　しかしなぁー、清川で有名私立小学校の参考書は売れんやろうなぁ」と困り顔をした。おじさんは、氷を鉄で打つとすぐに向き直り、

「よしっ、お前がこれで勉強しろ」と言う。

　私は、ほら来たとばかりに

「あんね、家でクーラー付いとるのは婆ちゃんの部屋だけやし、婆ちゃんは教えたがり屋で、分からんところば長く考えよったら、デカい算盤でぶん殴るとばい。だけん一番上の姉ちゃんは、頭が悪くなったっちゃん。これ本当の話よ」とアヒルのように喋った。おじさんは暫く笑っていたが、

「そんならここの氷置きの横にイス持って来てやるけん、店番しながら勉強せい。それが一番良かろう」と言い出した。

そういうことで不本意ながら私は、氷屋で有名私立小の勉強をすることになった。しかし、おじさんが時々近寄って来ては、

「お前、それ意味解るんか?」

「お前は、天才かもしれん!」などと言ってくれるので、じゃんじゃんこなす様になった。

そんなこんなで半年が過ぎた。おじさんに飼って貰った子犬のアーサーはあっという間に大きくなり、毎日おじさんは二時間かけて散歩するようになった。夏以外は暇な氷屋で店番をしながら問題集を三冊終わらせた。

小学三年生になり、クラス替えの後に実力テストがあった。私は、結構早くすらすらと解いた。

五月になり、吉春公園でカミキリ虫を捕えることに夢中になった。その日も、行きがけに見つけたカミキリ虫をふでばこに入れ、帰りの時間を待ちわびていた。すると、担任の女教師が

「イワサキ、帰りの会が終わったら校長室に来なさい」と言った。私は、また怒られるのかと、うんざりしていた。

少し弱ったカミキリ虫を決闘ライバルだった隣のクラスの女番長の明子に、

「頼みたくないけど、あんたと私しかカミキリ虫を触れる女がおらんけん、これ吉春公園の木にくっ付けてくれん? 私いまから、校長室に呼び出しやけん」と言ってカミキリ虫の入ったふでばこを渡すと、

「うん、わかった」とすんなり引き受けてくれた。

私は、注意深く辺りを見回しながら、「コン、コン」と小さくドアを叩いた。

「イワサキです」とハラハラしながら校長室に入った。すると、校長先生は珍しく笑顔で、

「イワサキ君、この方はＲＫＤラジオ放送局の方で、黒岩さんという方だ」と紹介する。

私は、見慣れないインテリ風の男に
「こんにちは！　かなっ…」と頭を下げた。男は時間が無いようで、すらすらと用件を話し始めた。

「はじめまして、僕は、ＲＫＤラジオの黒岩といいます。今回、『天才少年少女に訊く水の起源』という番組の企画で、各小学校の三年生の実力テストで一番成績の良い子に、ラジオで水について喋ってもらうことになりまして……君が三年生の実力テストでは、一番だということで……」と説明していると、校長先生が
「君、大丈夫かね？　何なら、二番の根岸君に代わってもらおうと思うが……」と私の目から視線を外しながら言った。

窓越しに公園を見ると、寄り道メンバーの由美と直美、さっきカミキリ虫を頼んでいた明子がカミキリ虫の代わりに大きな蛾をふでばこの中に入れようとしていた。その二メートル手前では、成績二番手の根岸という男子の母親が銀縁眼鏡でこちらの様子を伺っていた。彼女は吉春のＰＴＡの常連で、教育熱心な母親であったため、ほぼ毎日学校に来ていた。場の空気を読み取った私は、黒岩さん以外の期待を裏切り、

「黒岩さん、私、ラジオに出ます。宜しくお願いします！」と頭を下げると、

「良かった。有難う」と頭を下げられた。残念そうな校長先生に、

「失礼します。急がんと、ふでばこがやられます」と校長室を出て、公園に走り去った。明子からふでばこを取り戻した私は、

「私、ラジオに出るけん！　これから、忙しくなるっちゃん！」とニヤけ顔をした。皆は、一斉に口を揃えて、

「えっ、いつ？」と訊いてきた。

「しまった、訊くの忘れとった」と言って氷屋めがけて一目散に走った。

私は息を切らせながら、実力テストを右手に持ち、おじさんに一部始終を話した。

「お前、ランドセルで来たったい。おじちゃんに一番に見せてくれたとか、そうか、そうか」と涙ぐみ喜んでくれた。続けて、おじさんは、

「今やったら、何でも欲しい物買うちゃるぜー」と言う。私は今までの経験上、値の張る物をねだる時にはその物をすんなり言わずに、男の指輪を欲しがれば殆どの男は
「これだけはいかん！　これ以外なら何でも買ってやる」という風になることを心得ていた。私はニヤリとして、

「男と喧嘩するときに使うけん、おじちゃんの指にしとる指輪ちょうだい」と言った。

おじさんは、少しびっくりして、

「馬鹿！　こりゃいかん、兄貴の形見やけんやられん。それにお前、もう男と喧嘩するのはやめんといかんぞー」

と言った。

「おじちゃん、お兄さんおったと？」と訊くと、

「本当の兄貴やないけど……」と尻切れトンボの返事をした。私は、おじさんの引くに引けない好意を無にしてはいけないと思い、ババ屋で駄菓子を買って貰った。帰り道、

「おじちゃん、今年の夏はもっと難しい分厚いのを丸暗記するけん！」と言うと、

「よしっ、その意気だ！」と強く返してくれた。

家の方では、母親が上機嫌で
「一人くらいは頭のいい子がでけとると思いよった……」と何度も言う。

ラジオ収録の前日、父親が珍しく家に戻っていた。

「美枝子は明日、ラジオに出るらしいなぁ、そんなら床屋に連れてってやらないかんなぁ」と言い出した。すぐに、私を自転車の後ろに乗せ、見たこともない美容室に入った。

そこには、ボブの女の人がいて、

「こんにちは、あんたが美枝子ちゃんね」と話しかけられた。私は、嫌な予感がして、

「髪は、揃えるだけにしてください」とぼそっと呟いた。髪を切っている間、父は落ち着きなくラジオをパチパチやっていた。おばさんは、

「明日ラジオに出るんなら、可愛いリボン付けてあげるね」と言い、私はデカい赤のリボンを二つも付けられ、季節外れのクリスマスツリーの様な頭で家に帰った。

家に戻ると母親が、

「あんたどげんしたと？　そんなデカいリボンやら付けて……」と訊く。私は慌てて美容室に行ったいきさつを話した。すぐに、母親の顔色が変わった。やにわに私の髪をハサミでバッサリ短く切り落とした。父親の愛人の美容室だったのである。

明日この頭で放送局に行くのが嫌でたまらなくなり泣いていると、二番姉が、

「俺の一番大事にしとるスターウォーズのTシャツ貸してやるけん」と言うので少し気を取り直した。翌日、ミキちゃんは何故か似合わないフリフリの服を着て、髪にまでリボンを付け厚化粧をしながら、

「美枝ちゃん、うちがラジオ局に連れてってやるけん」とえらく乗り気で言う。それを見ていた婆ちゃんは、

「気色悪かぁ、『林家パー子』のなりそこないのごたぁー」と言って笑った。ミキちゃんは、気になって何度も鏡を見ていた。ミキちゃんの化粧直しに時間がかかり、ギリギリセーフでラジオ局に着いた。待合室に入ると、お利

口そうな子供達と、きっちりした親達がいた。私とミキちゃんはとても浮いていた。私達は痛い視線を感じた。視線を受けていたのは、オレンジ色のミキちゃんのハイヒールであることに気付いたが、黙っていた。収録が始まる寸前に、

「君、清川の子だよね、それなら面白いこと言えるよね！」とキザっぽいＭＣの男に言われた。その言葉で頭の中が真っ白になってしまい、本番では思うように喋れなかった。

「川を作ったのは誰だと思いますか？」というキザ男の問いに対して、

「神様だと思います！」と答え、場がしらけてしまった。

落胆して家へ帰る途中に出会った二番姉の友達から、

「凄い！　イワの妹は将来何になるっちゃろう……」などと褒められ、またまた気を取り直した。私は、すぐに氷屋のおじさんの所に行きたかったが、短く剣山の様に立った前髪が恥ずかしく、髪が寝るまで待つことにした。

一週間後、たった一言しか出番の無いラジオ放送のテープを持って、一目散に氷屋に走った。

しかし、そこにはおじさんも犬のアーサーの気配もなかった。私が、うろついていると、前の醤油屋のおばさんが近づいて来て、

「氷屋のおじちゃん、おとといの夜倒れて、運ばれたとよ……あんた知らんかったと？」と言った。私は心配で仕方なく、何度も何度も行きつ戻りつ氷屋の前で待っていたが、おじさんは二度と帰って来なかった。

冬になり、一番姉のおさがりの、ピンクがグレーに見えるコートを着て、ロータリー食堂のおでんを食べに行った。淀川長治にそっくりの店のおじさんが、

「良かったぁ、あんたば探しよったとばい、これば氷屋のおじちゃんから預かっとった。そいから、犬もおじさんの息子が飼うようにしたけん心配しなさんな」と眼鏡を湯気で曇らせたまま言う。貰ったのは氷屋のおじちゃんの

吸っていた煙草の箱で作った毬だった。私は勢いよく席を立って、

「おじちゃんは、大丈夫と？」と訊いたが、おじさんもおばさんも下を向いて何も言わなかった。

家に帰る途中、毬の中に何か硬い物が入っていることに気付いた。私には、だいたい見当は付いたが、それを確かめるとおじさんの命が無くなったことに気付かされるのが嫌だった。だから誰にも内緒で、ずっとそのままにしておこうと思った。

私の心の中で、私の黄金時代を築いてくれたおじさんには、生きて貰わないと困ると思ったからだ。

第五章　学び舎

（未発表作）

チキュウギとチキュウオウギ

馴れ合いの友人と先生たちに囲まれ、ようやく男の子とのケンカを卒業した私は、去年私がラジオに出たことをミキちゃんが行きつけのラーメン屋で自慢したことがきっかけで、「きぼう塾」という塾に、半額の授業料で通い始めることになった。この塾は個人経営で、竹島先生という中年の男の先生が一人で教えていた。先生は、京都大学の法学部出身で気難しいところがあり、論ずることはできても、人と普通に会話することを全くしない人だった。そこに通っている生徒は皆、成績の良い子ばかりで、小学生なのに制服を着ていた。

最初のうちは、私もかなり嫌味を言われたり、からかわれたりもした。四年生が一人もいなかったので、私は五年生と授業を受けることになった。月、水、金曜日は皆と授業を受け、火、木曜日で習っていないところを教えられ、勉強一色の毎日を送っていた。おまけに、毎日日記を付けることと、月一回の読書感想文まで義務付けられて、こんなことなら、あんなラジオ番組に出るんじゃなかったと思った。

塾に通い始めてひと月くらい経ったある日、先生が

「毎朝必ず地球儀を回して指で押さえた国と首都を十個以上覚えるように！」と言った。私は「チキュウギって何だろう？」と思ったが、皆が「ハイ」と言ったのを聞いて黙っていた。

私は家に帰って、店に客がいないことを覗き穴から確認して、すぐに

「チキュウギっていう国名がたくさん書かれた回すヤツ出して」と言った。
「チキュウギね。こないだ叔母さんがブラジルに行った時に、お客さん用に買ってきてもらった大きいのが余っとうけん、塾のみんなに持って行ってやんしゃい」と母は快く言った。ミキちゃんとミョちゃんに
「こないだ叔母さんが沢山くれた、地球の絵のついた扇子があったろうが、あれがチキュウギたい！　残っとうの全部持ってきてやって」と珍しく鼻先で物を言うように言った。二人とも三本ずつ持ってきて
「ハイこれ、チ・キ・ュ・ウ・ギね」と喋りにくそうにつぶやき、渡してくれた。私は
「あそこの塾、裁判官の息子やら医者の息子ばっかりで、いつもすっごい差し入れやらお土産届くけど、これ持ってったら、みんなびっくりするやろうや」と大喜びで、銀行でもらった黄色の塾用の手提げに入れた。
しかし、何故かふと気になり、中を一つずつチェックした。私の不安的中で、中の地図には国名がアルファベットで書いてあるだけだった。サービス精神旺盛な私は、各国に番号をつけ、裏に八十カ国の国名と首都を日本語で、六本分書き込んだ。丸一日かかったが、気分は良かった。
次の日、塾に入るとすぐに入り口で、
「先生、今日はブラジルで叔母さんが買ってきたチキュウギを、母が皆さんに持って行きなさいと持たせてくれたので、配ります」とありったけのよそ行きの標準語を使い、クラスメイト五人の机に一つずつ置いて行った。先生と法律家の息子の二人は、口を固く結び固まっていた。残りの三人の医者の息子たちは
「はぁー！　これのどこがチキュウギ？　これ、ただ地図の描いちゃあ扇子やん！」と言って笑い転げた。
「地球儀見たことない奴おるったい！」という言葉と共に涙が噴火山のようにあふれてきた。先生は
「静かにしなさい！　じゃあ、今から首都名のテストをする」と言って、地名のテストを始めた。私は全問正解だった。答え合わせが終わると、先生は黒板に答案を貼り、大笑いした三人に

「これ見てみなさい。君らは、地球儀を見たこともない四年生の女の子の半分も出来ていないじゃないか」と冷たく言い放った。帰り際、先生は
「今日、満点をとったご褒美に、明日は天神の紀伊國屋と、アイスクリームを食べに行こう。今日の事はお母さんに内緒にしておくように」と言った。私は「ハイ」と喜んで返事をした。
次の日、先生と自転車で天神の紀伊國屋に行って、たくさんの地球儀を見た。私は
「これが本物の地球儀か」と何度も何度も回して遊んだ。中には光るのもあった。
地球儀を見た後、アイスクリームを食べている時に、
「昨日のことは内緒にしてくれたかね?」ときかれ、「ハイ」と答えた。続けて先生は、
「君は、今月の読書感想文は何を出すつもりかね?」とほんの少し笑みを浮かべた。私が
『うしろの百太郎』を読んで書いています」と言うと、
「じゃあこれ、プレゼントだから」と地球儀と本を渡された。
大喜びで家に戻り、玄関先で
「みんな、本物の地球儀を見せるけん、婆ちゃんの部屋に全員集合!」と叫んだ。しかし、婆ちゃんの部屋では、婆ちゃんがお勤めのお経を読んでいた。私は、婆ちゃんのお経に負けないように大声で、
「これが本物の地球儀、こっちは世界地図の描かれた扇子ですから…!」と高飛車に説明した。そして
「絶対にさわるな!」と貼り紙をした。ミキちゃんとミヨちゃんは、もらった本を見て、
「すごい、美枝ちゃん、ナツメセイシの『吾輩は猫である』やら読むったい」とつぶやいた。それを聞いた婆ちゃんは、経を読むのをやめ、這ってきて

「馬鹿が、『ナツメセイシ』やなか、『ナツメソウセキ』たい！　あんた達がおったら、頭まで弱ってしまうごたぁ」

と吐き捨てるように言った。

一週間後、姉二人がケンカしたらしく、玄関に折れた木のハンガーが転がっていた。私が慌てて駆け上がると、地球儀の玉だけがゴムひもで天井から吊るされていた。

〝スマン、ミエコ〟の貼り紙もしてあった。私は怒る気にもなれず、そのまま放置していた。

三日後、姉の部屋からロッキーのテーマソングと共に

「シュッシュッ、ロシア、シュッシュッ、ブラジル…」と声が聞こえてきた。

襖を開けると、赤いボクシンググローブを付けた姉が気持ちよさそうに、地球儀をねらい打ちにしていた。

シャチ教師ＶＳ清川のクンタ・キンテ

小学四年生の新学期第一日目、私は少し早起きした。ミキちゃんが縫い付けてくれたミッキーマウスのワッペン付きおさがりカーディガンを着て、青く光る柳の葉に見送られながら学校へ行った。

ドーナツ化現象の進んだ吉春小学校では、子供の数が少なく、一学年二クラスがやっとの六十名程だった。毎年、あまり意味のないクラス替えをするのだが、今年は新しい教頭先生と若い体育教師が私たちの学年の担任になる。私は久しぶりのクラス発表でドキドキした。

私にとって、教頭先生とは非常に重要な存在だった。毎年筥崎宮の放生会で釣るひよこを学校で飼っていたため、私は飼育委員をやっていた。その飼育小屋の管理や鯉や金魚の世話をするためには、教頭先生の協力がないと難しい。新しい教頭先生は土瓶のように太っていて頭も禿げていた。でも優しい目をしていたから、私はすぐに話しかけてみた。

「新しい教頭先生、私、四年生の岩崎です。ここの鶏のうち四羽を、私が持ってきてからずっと飼育委員です。よろしくお願いします」と言うと、

「はーい。先生は動物と植物が大好きだから、分からないことは岩崎さんに教えてもらおう」と赤ら顔で微笑んだ。

私はホッとしながら調子に乗って、

「先生、荒井注に似てるって言われませんか？」と上目遣いに尋ねると、

「うん、よく間違われる」と返してきた。周りで聞いていた生徒や先生も大爆笑をした。その日から教頭先生の呼び名は〝チュー先生〟となった。

クラス替えの後、担任の紹介があった。私は大嫌いなボブの女教師ではなく、新任の体育の松尾健一先生のクラスだったので、飛び上がって喜んだ。クラスの生徒のほとんどが同様に喜んだ。

緊張した面持ちの松尾先生は、がっちりとした体格だが、色白で彫りの深い顔をしていた。かなりの男前だが、背広の上に羽織ったダサいジャンパーと、ズボンの裾から見える分厚いスポーツソックスが、やっぱり体育の先生だなと思わせた。

黒板に大きく自分の名前を書いた先生は、

「訳あって教師になるのに時間がかかって…。大阪から出てきました。僕が生まれ育ったところは、君たちと同じガラの悪い地域だから…仲間だ」とぶっきらぼうな自己紹介をしたが、私はそれが気に入った。男子たちに合図を送り、甲高い口笛を鳴らして歓迎した。

「うるさいぞ」と脂ぎった顔で、頭にポマードをべっとり塗った米本が割って入ってきた。薄気味悪い笑顔を浮かべ、チョークを取って「副担任　米本久光」と大きく書いた。

「このクラスは悪ガキばかりの集まりだ。教師になったばかりの松尾先生一人では大変だろうから、私が副担任として、このクラスをサポートする」と告げた。

「ガーン」と真っ逆さまに落ちていく私たちの気持ちとは裏腹に、米本は水を得たガマ蛙のように自己紹介を始めた。

「はい、一応私のことをお話ししよう。私は米本病院の息子で、兄が病院を継いだので、教師になった。私は東京の名門大学出身だから、君たちは私の授業が受けられることを有難いと思いなさい。それから、私はフランスにも留学していた。私のファッションはフランス仕込みだ。今日のスーツも香水もすべてアラン・ドロンと同じ物だ」

などと訳の分からない言葉を並べ立て、一人で悦に入っていた。私は、

「この男こそ私の一番嫌いな男だ」と思いながら、肘をつき校庭を眺めた。

「コラァー！」と大声を上げた米本は、一番前の席の、私の長く放り出した足を蹴り上げようとした。私は瞬時に机ごと後ろへ下がった。一八〇センチ以上ある米本の体は後ろに崩れ落ちて、教壇でこめかみを強打した。その時に鈍い音を立てながら、米本の頭頂部からカツラが外れ、竹とんぼのように私の目の前で宙に舞った。三秒後、全員の笑い声の中、米本は無言で私の太ももを二回踏みつけ、カツラを取って出て行った。

以来、米本の陰の呼び名は「ハゲランス米本」となった。

米本は社会科を教えていたが、授業中わざと私の足を踏んだり、黒板消しを頭に叩きつけたりして、嫌がらせを繰り返した。

一週間後、米本は一段とイライラした顔をしていた。

「ウーン、私の大切なコートが、下手くそなクリーニング屋のせいで台無しにされた。今から謝罪に来るらしいから、今日はおとなしく自習してなさい」と言って出て行った。

「イェーイ！」と皆で一斉に叫んだ。私たちは自習せず、三階の私たちの教室から、向かいの一階にある、校長室よりも広い、空き教室を利用した米本の部屋を覗き見た。

すぐに小さならっきょうのようなお爺さんがコートらしき物を持って現れた。米本は、平謝りしているお爺さんをしつこく叱りつけていた。お爺さんを可哀想に思った私は閃いた。

「みんなで、ここから大きな声で『ハゲランス』って叫ぼう！」と言った。全員一致で、

「ハゲランス！」と五回叫んだ。すぐに校内放送が流れた。

「四年二組の岩崎美枝子、すぐに職員室に来なさい！」と米本の荒々しい鼻息までしっかり聞こえた。私が
「はぁー何で私だけが行かないかんとー！」とモタモタしていると、

「イワサキー！　すぐに降りてこい！」とまた放送が流れた。
私は恐怖心で一杯だったが、泣きながら見送るクラスの友人たちを見ると、なぜか特攻隊員のような吹っ切れた気持ちになった。
三階から二階へ降りて行くと、米本が両腕を震わせて駆け上がって来た。
「キサマー！　このー！」と叫び、私の髪を掴んで米本の部屋まで引きずられた。米本は自分の部屋に入ると、いきなり冷静になった。
「良かろう。お前が俺を怒らせたんだから、お前が泣くまで、殴る」とニヤケ顔をした。
「一、二、三、四、五、六、七、八、九、十、十一、十二」と大きな掌で顔を打たれた。
耳が「キーン」と鳴るだけで感覚がなくなっていった。米本は、
「ンモウ、私の手が赤くなって大変だ」と鉄の大きな三角定規を持ってきた。背後で
「松尾先生、大変です！　教頭先生を呼んで来てください！」と若い女教師の声が聞こえた。私がドアの向こうを見ようとすると、鉄の三角定規が飛んできた。三回目で、定規の把手が外れた。米本はイライラした声で
「くそーっ、お前は涙も出んのかぁ！」と怒鳴り、すぐに私の背中を蹴り始めた。涙が出ないようにしっかり閉じた私の瞼には、子供の頃に見た『ルーツ』のクンタ・キンテが、白人に鞭で打たれながらも、ずっと
「俺はマンディンカの戦士クンタ・キンテだ！」と叫び続けるシーンが映し出されていた。
「米本先生、岩崎は女の子です。やめてください」とチュー先生が、緑色のジョウロを持って入って来た。
米本は残念そうな顔をしながら
「こいつは血も涙も無いような女なんですよ！　見てくださいよ、こんなに殴られても、まだ私を馬鹿にしたような目で見やがる！」と甲高い声を上げた。私はチュー先生に抱き起されながら、米本に、

「私は清川の女やけん、あんたみたいな男に殴られたくらいで泣くもんか！」と、チュー先生の手を振り払って立ち上がった。米本は
「何が清川の女か、ドブ川のパンパン小屋の娘のくせしやがって！」と向かってきたが、年配の女教師が
「米本先生、これ以上やったら、岩崎の親も黙ってませんよ」と賢く促した。
「岩崎の親なんて、何も出来るもんか。挨拶もろくに出来んような馬鹿親ぞ！」と米本はひきつり笑いを浮かべた。
チュー先生は、私の肩をしっかりと掴んで
「さぁ、帰ろう」とだけ言った。米本の部屋の外では、担任の松尾先生と若い女教師が心配そうに待っていた。
二人は私のランドセルを持って、
「今日は岩崎の家まで送るから…」と申し訳なさそうに言う。私は二人の気持ちが嬉しく、わざと元気に
「じゃあ、荷物持ちヨロシクお願いしまぁす！」と言った。
三人で帰っていると、私の左足がしびれてきた。もたもたしていると、担任の松尾先生が
「ようし、おんぶしてやろう」と言った。私は喜んでおんぶされた。松尾先生は
「すまんなぁ、岩崎」とつぶやいた。
「なんでー？　先生が謝ると？」と言うと、先生は黙り込んでしまった。私は二人の先生を笑わせようと、
「松尾先生、まだ若いのに頭のてっぺん、かなりヤバい！　もし頭が禿げても、米本みたいにハゲランス付けんでね」と言った。女教師は大笑いしたが、松尾先生は
「分かった」と小声で返してきた。
サンロード商店街までくると、すぐには家に帰りたくないと思った。
「先生、もうここで大丈夫です。じゃあねー」とつくり笑顔を浮かべて走り去った。

重いランドセルを背負い、川沿いの老舗旅館の清流園にこっそり忍び込み、川べりへ続く秘密の階段を降りて行った。最後の一段に足を掛けると、「バキッ」と板の割れる音がした。私は転がり落ちてしまった。ランドセルが滑り止めとなって、川へは落ちなかったが、すぐに清流園の使用人の男と若い女将が降りてきた。

「おーい、大丈夫か？　立てるか？」と男がやけに早口で言った。急いでめくれ上がったスカートを直して足を見ると、膝から血が流れていた。二人を見上げると、女将は視線を外しながら

「もう、参ったわ。勝手にうちの階段使って、怪我されたら…あんたどこの子かい？」と間の抜けた声で言った。

「私は二丁目のカフエーふじの娘です」と返すと、男は

「あっ、ふじさんとこの娘かぁ。じゃあ近くやから送って行こうか？」とまた早口で言った。間髪入れずに女将は、

「そんなことしたら、うちの責任にされる。恐ろしい親父が出てきて金でも請求されたらどうすんの？　あの顔見てみ。ありゃあ親に殴られたんだよ、きっと…」とだんだん声を小さくして言った。

「この顔は、今日、米本っていう先生にやられたっちゃん」と、私は大きな声で返した。女将は薄っぺらな顔に似合わぬ大声で、

「じゃあ、うちで怪我したなんて言わんといてなぁー」と、チリ紙を差し出すと、使用人に相槌をして戻っていった。

私は漂白された糸蒟蒻のような女に、柔らかい口調でおどされたような気になって、一人川べりを淋しく歩いた。三日前に姉と二人で鮒釣りをしながら、「釣りキチ三平」の歌を唄ったことを思い出した。

「俺は釣りキチ三平だ　竿を握らしゃ日本一の　腕と度胸で大物ねらい　なにくそ嵐　なにくそ孤独　地球の魚と戦うぞ　知恵と勇気じゃ　負けはせぬ」と泣きながら唄った。

カーディガンの袖で涙をぬぐい、見上げると段ボールに包まったホームレスのおじさんが私を見ていた。その横

にはロープがぶら下がっていた。

「足、怪我したけん、借りるけん」と片足で上がろうとしたが、なかなか上がれずにいると、

「嬢ちゃん、災難やったな。あの女はたいした出の女やないぞ。俺たちはゴミの捨て方で、その家の女の器量とか出が分かるんばい…」と、まだ日の浅そうなホームレスのおじさんがつぶやいた。私は
「分かった」と言って、一気によじのぼった。

何とか這い上がった足元に、タンポポがコンクリートの割れ目から這い出ていた。小さくて黄色のタンポポの隣にワタボウシがあったので、私はそれを引っこ抜くと、ホームレスのおじさんに向けてフーっと勢いよく吹いてやった。ワタボウシは可愛く飛び散った。

「このタンポポのワタボウシのように、美枝子の〝負けん種〟をまき散らそう！」

と心で一人つぶやいた。

私は、血の付いた足を引きずりながら、柳橋連合市場に向かった。猫の餌用に鰹節といりこの粉を一袋三十円で分けてもらっていた老夫婦の乾物屋に寄って、

「見てん、これ米本っていう先生にやられたとよー！」とスカートをひっくり返して足の傷を見せた。それから隣の味噌屋さん、おでん屋さん、肉屋さん、八百屋さん、と米本の事を言いふらした。

家にこっそり戻った私は、婆ちゃんの部屋の襖を少しだけ開け、鼻と口だけを出して、

「婆ちゃん、今日は連合市場でたくさん食べ物もらって食べたけん、夕ご飯食べきらんけん」と言って、部屋に戻った。

「何や、その顔どうしたとやー？」と姉が飛び起きた。

「今日、全校放送で呼び出されたやろう。そのあとに、米本にやられたっちゃん。たった『ハゲランス』って叫ん

だだけでよー！」とつま先立ちしながら、タンスの上の方についている鏡で、自分の顔を眺めた。

「はっはー！　あの『ハゲランス』って声はお前やったったい！」と姉は笑い転げた。

「私ひとりじゃない！　クラス全員でよ！」と私は声を張り上げた。

「あっ、足が腫れ上がっとう。それ消毒せんといかんばい。よしっ、俺が婆ちゃんの部屋からオキシドール持ってきてやる」と、姉はすぐにオキシドールを持ってきた。私は傷口に薬を塗る姉に押さえつけられ、「ヒーヒー」と声を上げた。

「姉ちゃん、実をいうと…この足は、清流園の秘密の階段を使って、階段の板が割れて怪我したっちゃん！　今日は一日に二度も散々な目にあった」とアヒルのように喋った。

一か月後、全校集会があった。どんたくの前で、子供たちに注意を促すために、各町からＰＴＡや町内会長が出席していた。最後にＰＴＡ会長の長～いお話が終わり、

「やっと終わった」と溜め息まじりに吐くと、ボブの音楽教師がいきなり壇上に上がり、マイクを持った。

「教師の中田です。お忙しい中、誠に申し訳ありません。皆さんの前でお話ししないといけない事が起こりました。先週、三階のトイレからトイレットペーパーをたくさん外に向かって投げて遊んだ者がいます。私はその犯人を知っていますが、ここで正直に手を挙げたら、今回は許します」と涙ながらに話した。私は
「中田のババア、演技クサー」と言いながら、前の貧血で倒れそうな友人をつついていた。

「しらばっくれるのも、いい加減にしなさい。岩崎、前に出て来い。お前は本当に救いようのない子だよ。米本先生も、この間やむなくお前を叱ったら、お前は自分のいいように言いまわったらしいじゃないか…。この場を借りて申し上げます。この岩崎という子は…」とヒステリー声の響く中、中田のクラスの二人組が
「先生、スミマセン…」と泣きながら前に出てきた。

私は前に出て茫然と突っ立ったままだったが、怒りが込み上げてきて
「先生、私に謝ってください！」と叫んだ。

中田はだんだん小さな声になって、

「今日の集会はこれで中止にしてください。急にめまいが…」と言って、俯いた。

私は怒りが収まらなかった。先生たちは私が〝清川〟というだけで、ここまで一同の敵にするのか。私は中田の顔を睨みつけたが、中田は顔を上げなかった。

帰り際、階段で米本とすれ違った。米本はイライラした表情をして「悪運の強い奴だな」とつぶやいた。

私は聞こえていないふりをして
「あんたも」と返した。激怒した米本は私を突き飛ばした。私はすぐに踞って、文句を言おうと米本を見上げた。
・・・
若い女教師が走ってきて
「岩崎、すぐに保健室に行こう！」と言って、抱きかかえられた。

「先生、私全然無キズよ」と少し大きな声を出すと、

「しっ、保健室に入るまでちょっと静かにしてなさい」と言う。保健室のドアを開けて、

「先生、すみません、岩崎とちょっと話がしたいので、少しお邪魔してもいい？」と、女教師が頭を軽く下げた。

少し派手めな中年の養護教諭は、

「あーら、また岩崎なんかやった？」と苦笑いした。

「違うのよ！　先生、びっくりしたのよ、例の先生たちが岩崎を落とし入れようとしたの。あんな全校集会、十年も教師やってて初めてよー！」と女教師は鼻腔を膨らませた。

「ちょっと待って、先生って十年も教師やってるっていうことは、もうかなり歳いっとる?」と訊くと、

「そうよ、もうすぐ三十五よ！　私の歳のことはいいから、とにかく黙って先生の言うことを聞きなさい…」と視線を落とした。女教師はとても美人で小柄だったので、もっと若いと思い込んでいた。一度も担任になったことがないので、二人で話をするのは初めてだった。

「いい？　先生からお願いする。もう米本先生と闘いなさんな。あんたが損するだけやけん…。私はあんたを見てると、私の子供の頃みたいで、本当に心配になるのよ。それから、あんたが努力して勉強していることはちゃんと分かってるから…」と優しい笑みを浮かべた。私は

「うん」とうなずいた。

「それにしても今日の事は、あんたも腹が収まらんやろう…。でも子供のあんたが文句を言ったって、何にもならん。あんたのお婆ちゃんは、中学校の先生しよんしゃったんやろう。今日の事をお婆ちゃんに話して、学校に来てもらいなさい！」としっかりと私を見つめた。

「そうだわ、岩崎！　友永先生の言うとおりよ。それが一番いい！」と保健室の先生は、思い切り力を入れて私の腕をたたいた。

「わかりました。そうします」と、私は元気よく保健室を出た。

家に近づくにつれ、私の足取りは重くなっていった。親のことや、家の商売で馬鹿にされた時には必ず、「ふん、うちの婆ちゃんは学校の先生しよったっちゃん」と言い返すようになっていた。確かに婆ちゃんは元学校の先生で口も達者、器量も悪くなかったが、二年前から寝たきりでオムツまでしている。不安な気持ちのまま玄関を開けると、二階から婆ちゃんの声が聞こえた。

「美枝子はまーだ帰って来んとかいな！　ミキちゃんも、ミヨちゃんも赤い口紅やらしんしゃんなよー！　それ

から、赤や黄のネッカチーフやらつけとったら、インド人に間違わるうけんねー！」とひときわ冴えわたった声が響いた。

「ただいま」と恐る恐る襖を開けると、婆ちゃんの広い十二畳の部屋が着物や帯や年代物の服で埋め尽くされていた。小さな布団の上では、二番目の姉が婆ちゃんを抱え起こし、母が着物を着せ、一番上の姉が婆ちゃんの頭の禿げを隠そうと、スプレーを振りかけていた。結果、髪型が気に入らなかった婆ちゃんは、橙色の小さな頭巾をかぶり、ミキちゃん、ミヨちゃんは青と紺のネッカチーフで頭を小さめに巻いた。

「美枝ちゃん、史枝から聞いたばってんが、なんで先生に苛められよったことば、婆ちゃんに言わんね。今日は婆ちゃんが仇を討っちゃるけん！」と啖呵を切った。

「そりゃいいけど、婆ちゃん、水戸黄門みたいになったねぇー」と私が言うと、皆一斉に笑い転げた。

「お義母さん、私も準備できましたけん」と母親が真っ赤な口紅を下唇に塗ったくり、鮮やかな紫色の着物を着て立っていた。

「カオルさん、小学校に〝ひぼたんお竜〟のような格好してつまるもんかい！　丁か半か聞きに行く訳やなかとばい！」と母を鬱陶しく睨んだ。

「じゃあお義母さん、よろしく頼みます」と母はおとなしく引き下がった。

「あっ、音之助さんの遺影を持って行かにゃならん！」と、婆ちゃんは爺ちゃんの遺影を、印籠のように紫色の布に包んで胸にしまい込んでいた。

私は、車いすに乗った御隠居さんと、顔つきの悪いスケさん、カクさんを連れ、吉春小へ向かった。

校長室に通された私たちは、しばらく待たされた。

「お待たせしました」と目を丸くした校長と、神妙な顔をした教頭が入って来た。

「米本っていう先生と、中田とかいう音楽教師を、すぐに連れて来てくれんしゃい」と婆ちゃんはわざと軽い軽い口調で言った。すると校長が慌てて席を立ち、

「少し待ってください」と言って出て行った。私は俯いている教頭先生に向かって、

「先生、びっくりしたろう？　まさか婆ちゃん連れてくるとは思わんかったろう？」と言って微笑むと、

「こんな、しゃんとしたお婆ちゃんがおんしゃあなら、もっと早くに来てもらえばよかったな」と笑顔で返してきた。五分ほどして
「分かりました。岩崎の家族には私の方から説明してやりますから…」と中田のピリピリした声が聞こえた。コン、コンとドアをノックして、校長、中田、担任が入って来た。中田は頭を下げずに目の前に立ち、

「米本先生は大切な会議中ですから、私が全てご説明しますので…一体どんなご用件でしょうか？」としらばっくれた。

　婆ちゃんは、音を立てながら杖を持ちかえ、

「私は、二年前から足を不自由しとります。孫の為と思うて、車椅子に乗って頑張って来とります。米本という教師が来んとなら、話にならん。その大事な会議が終わるまで、何時間でも待ちますけん！」と言った。

　中田は小さな目を擦り傷のようにして、つくり笑顔を浮かべて、

「お婆ちゃんが孫を可愛がる気持ちはよーく分かりました。岩崎さんもお婆ちゃんに心配をかけないように、今後は悪戯や教師に対して失礼な態度を取ったりしないように…ね」と返した。

　婆ちゃんは合図のように杖を二度叩いて、

「ちょっと待ちんしゃい！　あんた勘違いしとらんね！　私ゃあ師範学校を出て、博多では初めて女教頭になったとですばい。足はもうつまらんばってんが、頭はしっかりとしとります。ガタガタせんでから、その暴力ふるっ

た米本とかいう先生ば、ここに連れて来んしゃい！」と怒鳴った。

中田は何とも苦い顔をしながら、

「お婆ちゃん、そんな感情的にならなくっても、ここは学校ですから…。理由が何であれ、暴力をふるった事については、私が米本先生の代わりに謝りますので…」と言った。

「あんた馬鹿やないとね！　私の大事な孫に手を上げた張本人に会いに、車椅子に乗って来とうとばい。あんたに謝ってもらっても、しょんなかろうもん。そげん米本っていうとは力ば持っとうばいなー、校長先生！」といきなり、校長に矛先を変えた。校長は手を組んでしばらく下を向いていたが、

「はい、分かりました。私が米本を連れて参ります」と席を立った。

「こちらが、学年主任の米本先生です」と小さな校長は、小声で紹介した。米本は中田と目を合わせるとニヤニヤして、

「ようこそ、いらっしゃいました。岩崎さんのお婆ちゃんですね。私も一度、お身内の方とお話ししたいと思っておりました」と言った。

「ほほう、そりゃあ驚きました。美枝子の事で一度も電話やら受けたことがありませんがねぇ。ところで米本先生は、やけに体格のよかばってん、タッパはどれくらいあんしゃあと？」と婆ちゃんは落ち着いた口調で尋ねた。

「はぁ、私は一八〇センチほどありまして、学生時代に柔道をやっておりました」と鼻を膨らませ、自慢気に返した。

「じゃあ、一八〇センチもある柔道しよる男が、何十回も、小学四年生の女の子ば、折檻したってこったいね…。校長先生は知っとんしゃったとですか？」と校長を見つめた。校長は下を向いたままだったが、髪の毛を耳にかけながら立ち上がった。

「お言葉ですが、お婆さん！　岩崎は学校でいじめっ子で、男の子も怖がってるんですよ。先日も岩崎と喧嘩をした子が泣いているので、私が『やり返しなさい』と言ったら、『岩崎にはヤクザがついとるけん、怖いから出来ません』と言うんですよ。私も何度か、ヤクザ者らしい男と岩崎が話しているのを見かけました…。本当に恐ろしいことです…」とヒステリー声を上げげた。

「あんた、そんなこと言いよったら、吉春で教師は務まらんちゃないとね。清川は昔からヤクザは多いし、そんなことが恐ろしいんなら、さっさと吉春小学校ば辞めんしゃい。私からすりゃあ、一八〇センチの柔道家が小学生ば殴るほうが、よっぽど恐ろしかばい」と言い放った。

「ですから、私は柔道家としての心得がありますから、大怪我をしないように手加減したんですよ」とイライラしながら米本は言い返した。

「そんなら、口で言うて叱りゃあいいやないとね！　何十発も殴る必要が本当にあったとかいねー！」と婆ちゃんが言うと、

「米本先生！　やっぱり、お話になりませんわ。私これで失礼します」と中田が席を立った。婆ちゃんは中田の額めがけて、ビシッと杖を振った。

「ううー、ひどいわ！」とヒステリーに唸った。

「あんた、自分の親に言うてんしゃい。私に顔ば打たれたことば、何て言いんしゃあかいな。私は逃げも隠れもせんけん、文句のあるなら清川に来んしゃい！」と婆ちゃんが叫ぶと、中田は頭を振り乱しながら出て行った。

「うるさいのがおらんごとなったけん、米本先生、私から一つお願いがあるとばってん、美枝子にここで謝ってくれんですか？」と蛇のように米本をにらみつけた。

「勘弁してくださいよ。私は教師として、間違ったことはしておりませんから…」とニタニタと額の油を光らせた。

婆ちゃんは車椅子をこいで米本の前まで来ると、

「謝りんしゃい、あんた、孫に〝パンパン小屋の娘〟やら言うてから、許すもんか！」と米本の首にぶら下がった。

「お義母さん、あぶない！　ここで落ちて腰の骨やら折ったら、死ぬけん！」と、ミキちゃんが不必要に大きな声で言った。

婆ちゃんを振り落とそうとしていた米本は、それを聞くと固まっていた。トコブシのように、米本に貼り付いた婆ちゃんは、あっという間に背後に回り、砂かけ婆々のように米本に覆いかぶさった。米本の顔色は、みるみる青ざめていった。

「お婆ちゃん、すみませんでした。私が今後、米本に体罰をさせないように約束します。ですから、お願いです。降りてください」と校長が慌てふためいた。

「じゃあ、校長先生、一筆書いてくんしゃい」と言って、ようやく車椅子に戻った。

私たちは、婆ちゃんの〝捨て身の砂かけ婆々作戦〟のおかげで大勝利をおさめた。

青々とした柳の葉が風に揺れ、私たちにエールを送ってくれているように思えた。

第六章　柳と三日月

出稼ぎ

月が柳の葉影を水面に泳がせた。橋の真上に更け待ち月が顔を出すのを待った。私はポケットの中から、たくさんの柳の葉を月に照らして、

「札束に変わりますように……」と祈った。


博多でもこんなに雪が降るのかと、呆れ返るくらい寒い冬。私の家の懐も寒かった。三か月間お客も無し、パーティー券も売れなくて、母親もミキちゃんもミヨちゃんも頭を抱え込んでいた。

算盤の月謝を母親に言うのが可哀想に思えたので、婆ちゃんに月謝袋を渡して、

「婆ちゃん、今日早めに行かんといかんけん、急いで入れといてー！」と言っては、婆ちゃんに出させていた。

そんな時に、また事件が起こった。

中学三年生になる一番姉は、高校受験を控えていた。普段、学校行事に出向かない母親も、姉の先生と話をして来たのだった。

私は、「給食エプロンを持って帰ったら、二番目の母親に叱られる」と困っている友達の給食エプロン袋と自分のを、ランドセルの左右にくっ付け、体を振りながら帰って来た。玄関先で、ミキちゃんとミヨちゃんが茹でたワ

ケギを結んでいた。二人は、私の顔を見て、

「しっ、鈴子が上で怒られようけん、此処におっときんしゃい」と言った。私は、ワケギに色んな結び方をして楽しんだ。

「あんたは、本当の馬鹿ばい！　勉強出来んのはまだしも、ずっとテストを白紙でやら出して、先生が何とか頼んで行ける学校は花丘高校しかなかとよ、あそこは私立で金が掛かるったい！　いったいどうするつもりやったとかー！」と母は怒鳴った。

「うるさいったい！　私は、婆ちゃんに算盤で叩かれ過ぎて頭がパァーになったったい！　高校やら行かんで働くっちゃん」と姉は言い返した。

「馬鹿言んしゃんな！　あんたのごたぁ女は、どこ行っても務まるもんかぁ！」と母の声が響いた。暫くはドタンバタンしていたが、母親が破れたストッキングを引っ提げて降りて来た。

「ブーッ、ブーッ」とブザーの音と共に母の親友の滝子おばちゃんが突然入って来た。

「ちょっと、カオルちゃん！　今、パチンコ屋に行ったら、十連チャンもしたけん。今からみんなでスタミナ亭で焼き肉食べるばい」と言う。私達はボウルにワケギをぶち込んで、「やったー！　ナイスタイミング」とおばちゃんに付いて行った。

滝子おばちゃんは、縦横大きくて百キロ近い体を持っていた。大学出で書道と長唄が得意で、ビールとパチンコも大好きだった。ご主人はテッパン印刷の次長さんだった。私達には、社長だと大きく言っていたが、とにかく人は良いし、女一人で父親を押さえ付けられる唯一のスーパーウーマンだった。

私は心踊らせ、兵隊歩きでスタミナ亭に入り、店のおばさんに「おばちゃん、今日は滝子おばちゃんがパチンコに買ったおごりやん、ウィンナーいっぱい食べるけん」とウインクをすると、滝子おばちゃんからは口をつねられ、

一番姉からは耳を引っ張られ、「馬鹿！　上カルビたい！」と念を押された。

最初は機嫌良く振る舞っていた母も、だんだん深酒するうちに本音を打ち明け始めた。

「滝ちゃん、うちはもう終わりばい、今年はパーティー券も売りきらんし、客もずっと入っとらん。おまけに鈴子は頭の悪かけん、私立の学校しか行かれんけん、急いで三十万作らんと高校も行かせられん……」とぼやいた。するとおばちゃんはいきなり席を立って、

「鈴子はもう大きいけん大人で良かろう、大人四人と子供二人ね……」と指差しながら、店のおばさんに、

「ちょっと、電話貸してー」と言って走り出した。私達は、何事かと呆然とおばちゃんを見ていた。すぐに、電話を切ったおばちゃんは、

「よしっ、間に合った」とガッツポーズをした。

「カオルちゃん、心配しんしゃんな！　うちの姉ちゃんの嫁入り先の太宰府天満宮の『鶴見茶屋』でなぁ、年末から正月は猫の手も借りたいくらい忙しいけん、人手ば探しよったとよ。大人一日一万円、子供五千円で雇うちゃるって、二十九、三十、三十一、一、二、三の六日間で約三十万、電車賃もったいないけん、うちに泊まり込みんしゃい！」と母の肩を叩いた。母親は、

「滝ちゃん、有難う」と美味しそうにビールを飲み干した。

家に戻って、婆ちゃんにその話を聞かせると、婆ちゃんは、

「有難かねー、みんな私の事は心配せんでいいけん、梅干しとらっきょうがありゃあ、一週間くらい平気や！　菅原道真の祀っちゃあところで働いたら、ご利益で鈴子もちぃと頭の良うなるかもしれん……」と呟いた。すると、顔を腫らした一番姉が、

「婆ちゃん、誰も婆ちゃんの食べ物の事やら、いっちょん心配しとらんけん……」と言うと、みんな婆ちゃんの部

屋から静かに散った。

粉雪がちらほらする十二月二十一日、終業式だった。

私は、通信簿をいつものメンバーと見せ合いながら帰った。

「冬休みは、私おらんけん。太宰府天満宮の梅ヶ枝餅屋さんでバイトするっちゃん」と自慢気に話した。皆は、

「いいなぁ、おもしろそうやね」と言った。

家の前では、二番姉が突っ立っていた。私の姿に気付くと、手招きした。駆け寄ると、姉はバツ悪そうに、

「大変な事になった。このまま、清川公園に行って話するけん」と走り出した。私も後を追った。公園のカメの頭部分の空洞の中に二人して入った。

「美枝子、通信簿出してん。俺のも見せるけん」と姉は言った。姉のを手にして見てみると、体育だけが〝良くできる〟で後は全部〝もう少し〟だった。私は、

「ありゃあ、こりゃやばい」と漏らした。

「そうやろ、これ見せたら俺だけ太宰府のバイト行き中止になるかもしれん。今回は、二人とも見せんようにしよう！」と言う。納得して、呑み込んで家に帰ると婆ちゃんに、

「ほら、二人とも仏さんに通信簿置いときんしゃい」と急かされ、姉と二人で仏壇の引き出しの奥に隠し入れた。冷や冷やしたがばれずに済んだ。私達は冬休みの宿題を終わらせることを理由に、二十八日までなるべく家族との接触を避けた。二人とも、何故か懸命に宿題を終わらせた。

二十九日は、朝五時に起きて六日分の着替えやエプロンを持って清川を出た。清川という花街を見守ってきたか細い柳の木が寒い北風に吹かれながら、私を見送ってくれた。私達家族六人は、五時四十分の始発電車を薬院駅で待った。

ホームは寒くて暗く、私達は電車に乗ると眠り込んでしまった。一番最初に目を覚ましたのは私だった。私は電車の中で、お日様が勢いよく昇ってくるのを目をこすりながら眺めた。

太宰府駅に着くと、沢山の人波の中に大きな体の滝子おばちゃんが見えた。おばちゃんは、大きく手を振って、

「急いで車に乗り込みんしゃい」と言う。私達は、慌てておばちゃんのワゴン車に乗り込んだ。リュックと一緒に雪崩れ込んだ私は、すぐに起きあがり、

「おばちゃん、私は何ばすりゃいいと？」と訊いた。

「美枝子は細いけん、餅焼き場の隙間で焼けた餅をセロファンに包む係で、史枝は力の強かけん、炊いた小豆をボウルに三キロ計って持ってくる係、鈴子は算盤が出来るけんレジ係ねっ、良う考えたらバッチリ！」と親指を立てた。私は、どうしても自分で餅を焼いてみたかったから、

「おばちゃん、頑張って働くけん、一回でいいけん餅焼かせてくれん？」と言うと、

「馬鹿、あれは何年も修行せんとつまらんとよー。よし分かった、一回だけ頼んでやる」と受けてくれた。私は目を閉じて、石川五右衛門の様な男が鋭い目で餅を焼く姿を思い浮かべた。

おばちゃんの危なっかしい運転で、太宰府天満宮の裏の駐車場に着くと、

「ハイ、ここからすぐやけん、降りてエプロン着けんしゃい」と、赤い〝鶴見茶屋〟の刺繍入りエプロンを手渡された。気に入って喜んで着けようとしたが私には大きかった。ミキちゃんに、腹の部分に折り込んで貰って何とか着ることが出来た。

「もう、お客さんが来よるけん、近道するけん、走ってついて来んしゃい」とおばちゃんが声をかける。細い脇道を抜けると、〝だざいふえん〟と書かれた大きな看板があった。見上げると、小さいながらも遊園地だった。私は心踊らせながら、二番姉に

「姉ちゃん、絶対に後で行こうや」と言うと、姉も蝶ちょの様に瞬きしながら、「うん」と答えた。だざいふえんの塀に沿って歩くとすぐに、沢山の赤い布を敷いた茶屋が並んでいた。鶴見茶屋はその一番奥にあった。店の前に着くと、中から細くて小柄なおばさんが出て来て、

「よう来たね、寒いけどすぐ暑うなるけん。頑張って働いてねー」と優しい笑顔で迎えてくれた。私は、

「ハーイ」と返事をしながら、表の餅焼き場に目をやった。すると、ツルっとしたらっきょうの様なおじさんが、忙しそうに鉄板を何枚も返していた。その横では、下駄のような顔のおばさんが口うるさく怒鳴っていた。私が、ガーンとした表情をしていると、滝子おばちゃんが「あのおばちゃん、一番やかましいけんね。美枝子おっちょこちょいせんとよ」と言いながら、私を餅焼き場に押しやった。

「あらー、何年生？」と下駄顔のおばさんにいきなり訊かれ、

「四年生です」と返すと、

「大きいね、ませた顔しとるけん中学生かと思ったばい、ほらおばちゃんの横に来て見ときんしゃい」と笑顔で手招きされた。横に立つと、おばさんは、

「ほらーあんたぁ、今日から手伝いに来んしゃった、滝ちゃんの友達の娘さんたい」と大声で言った。おじさんは忙しそうに、

「あっ、よろしくね！　名前は何て言いんしゃあと？」

と訊く。

「美枝子です」と小声で答えると、

「じゃあ、美枝ちゃんでいいね」とおばさんが大声で返してきた。私は、

「はい」と頷いた。

おばさんは、私の顔をちらちらと目で確認しながら、

「まず、左手の上に一枚セロファンを置くよ、その次に右手で焼けた餅を手前からさっと取って左手に載っけて、セロファンの四隅を中央に折りながら、右手に載せるとよ」と優しく教えてくれた。私は、何だ意外に簡単だと思って、すぐに左手にセロファンを置き、右手で餅を取り左手に載せた。物凄く熱くて、びっくりして餅を落としてしまった。おばちゃんは、

「大丈夫、すぐ慣れるよ」と言ったが、私は掌が赤くなっていたので、何か良い手はないかと考え、すぐに閃いた。コートのポケットの中に、婆ちゃんが持たしてくれた大きな絆創膏があった。それを掌に貼って仕事をした。

「凄いね、慣れたら早いし、上手ね」と褒められた。外ではお土産の梅ヶ枝餅を買おうと沢山の人が並び始めていた。

　下唇を膨らませたおばさんは、目を細め外の様子を伺いながら、「美枝ちゃん、今から二時迄休憩なしよ！　それまでは、水も飲まんごとね」と言った。

　私の腹時計が鳴り始めると、店の時計も〝カッコウ、カッコウ〟と鳴いた。振り向くと店の中はごった返していた。母親とミキちゃん、ミヨちゃんは客から注文を取ったり、運んだりしていた。一番姉は、会計を待つ客に頭を下げながら忙しく働いている。二番姉は、白い三角巾を捩り鉢巻きの様に付け、汗だくでアンコの入ったボウルを持って来た。

「あつーい！　食堂の中、サウナみたいになっとる」と叫んで空のボウルを幾つも重ね、しんどい顔をして出て行った。私も暑さでかなり参っていたが、もう少し頑張ることにした。とにかく時間が経つのが遅く感じられ、ガラス戸に貼ってある〝オロナミンＣ〟の大村崑の笑顔が恨めしく思えた。

　客が引いてすぐに滝子おばちゃんから、

「美枝ちゃん、休憩しんしゃい。親子丼好きなだけ食べんしゃい」と声が掛かった。

私は目の前の自動販売機でオロナミンCを買って、一気に飲み干した。横のベンチでは、姉二人がコーラ片手に寝転がっていた。二人とも、

「いかーん！　きつかぁ、何も食べれんかも……」と言っていたが、私が

「親子丼好きなだけ食べていいってよ」と言った途端に起き上がり、店の中に戻って行った。

私達は、隅の席で親子丼を三人で十杯たいらげた。皆はびっくりしていたが、料理長のお爺さんは、私達が

「今迄で一番美味しかったけん、食い貯めしてしまったー」と言うと、干し柿の様な顔をして笑った。

夕方七時を過ぎると、急に人が減って寒さを感じ始めた。滝子おばちゃんが、

「今日は初日やけん、これで引き揚げようかねー」と言った。

滝子おばちゃんの家の周りは田んぼばかりで寂しい場所にあったが、新しくて立派な家だった。私達はすぐに風呂に入って寝るように言われたが、皆が「足が痛いけん、美枝子、お願い、踏んじゃんしゃい」と言うので、皆の足の裏を踏んで回った。その夜、ミキちゃんの高いびきの中、夢を見た。体格の良い爺さんが下駄を鳴らし、白い犬を連れて私の周りをぐるぐる回っていた。白い犬が私にオシッコを引っ掛けようとするところで目が覚めた。

朝五時に起こされ、ご飯を食べている時にその話をした。滝子おばちゃんは私をまじまじと見つめ、

「美枝子は感の鋭いかもしれんね。多分、それは三年前に亡くなったお父さんとシロたい…」と仏壇に目をやった。

私は怖くなって「白い犬じゃなかったかもしれん……」と自分の気持ちを紛らわした。

三十日、三十一日、元旦と、日に日に鶴見茶屋のお客さんも増え、二日の夜は九時迄働いた。皆くたびれて口数も減っていた。おばちゃんは

「今日でピークは終わりやけん、明日は店閉めたら皆で打ち上げたい」と言う。それを聞いたミキちゃんは、

「そうたい、明日で終わりやった。そんなら、売り上げ協力に『壱岐のお父さん』を呼ぼう！」と言って、「カフエーふじ」の長年の常連客の壱岐のお父さんに電話を掛けに行った。すぐに戻って来たミキちゃんは、

「壱岐のお父さん、自分は体悪うして飲めんけど、女の声がしよったら何杯でも飲むいいお客さんば、連れて来てくれるげな」と、嬉しそうに言った。一番姉が、

「ヤッター！　これで私達にもお年玉入るね」とはしゃぐ。私と二番姉も

「そうたい！」と事の重大さに気付いた。

三日の夕方になって、少し客が減って来たところに、壱岐のお父さんが現れた。ミキちゃんは、

「お父さん！　こっちよー！」と前掛けを外しながら走り出した。ミキちゃんの先を見ると、壱岐のお父さんとサングラスを掛けたおじさんが腕組みして歩いて来た。良く見るとサングラスのおじさんは、髪が肩まであり〝ミスター・マリック〟にそっくりの男で、白に赤の印の付いたステッキを持っていた。ミキちゃんが動揺しているのが見え、私は機転を利かせたつもりで母親に向かって、

「壱岐のお父さんが連れて来たお客さん、目が見えんしゃらんけん、手伝ってくるー」と叫んだ。すると、滝子おばちゃんは笑い、母親はバツが悪そうに

「しっ、早う行って来んしゃい」と小声で顎を突き出した。私が駆けつけると壱岐のお父さんが、

「美枝ちゃんかい、大きゅうなったなぁ」と頭を撫でられた。私が、

「もう一人のおじちゃんが目が悪いみたいやけん迎えに来た」と言うと、ミスター・マリックは笑顔で、

「まだ飲んどらんけん大丈夫、帰りはおんぶしてねー！」と可愛らしい声で言った。

すぐに鶴見茶屋の一番手前のテーブルは宴会場のようになり、マイクもないのにカラオケ大会まで始まった。ミキちゃんもミヨちゃんも沢山の酒を飲んで、生き生きとしていた。久しぶりに、母親も上機嫌でビールをクックク

ックと飲んだ。暫くすると、一番姉から手招きされ「『竜鉄也さん、サイン下さい』って言って来い」とノートとマジックを持たされた。言う通りにすると、おじさんはサインもせず私の掌に千円を握らせ、

「♪君はいでゆのネオン花　あゝ奥飛騨に雨がふる……」と気持ち良さそうに唄い出す。私は、調子に乗って三回もサインを貰いに行った。おじさんはかなり酔っていたので心配だったが、配達の小豆屋さんが店の前から駅まで送って行ってくれることになった。二人を見送ると、滝子おばちゃんのお姉さんから、

「有難う。お疲れさんでした」と、一人ずつお給料を渡された。母親が赤いセカンドバッグにそれを一まとめにしてミキちゃんに預けた。その後にお年玉も貰った。臨時収入も入りホクホクした気分になった私達は、皆で天満宮にお参りに行くことにした。夜九時を過ぎて、雪が降っているにも関わらず、お宮は神頼みの人で賑わっていた。人混みで手を合わせようとしたところで、ミキちゃんが、

「あっ、吐きそう、便所……」と慌てていると、隣の参拝客が右の方を指差した。ミキちゃんは右へ闘牛のように走って行った。ミキちゃんが戻って来る間、おみくじを引くと〝凶〟だった。店に戻ると滝子おばちゃんが軽い火傷をおったらしく、手を冷やしていた。母親は、

「滝ちゃん、駅までそげん遠ないけん歩いて帰るけん」と言い、私達も帰り仕度を始めた。滝子おばちゃんは、

「悪かねぇ、気ぃつけてねぇ」と申し訳なさそうな顔をした。私達は、天満宮の広さに圧倒されながら池の鯉を眺め、夜の天満宮を楽しんで駅まで歩いた。駅に着いて切符を買おうとしたところで、ミキちゃんが、

「ぷはぁー、誰かあのセカンドバッグ知らんねー！」と真っ青な顔して叫んだ。みんなのお金が入ったセカンドバッグだ。

私達は、一目散に引き返し血眼になって探した。十二時になって何処からか鐘の音が寂しく鳴った。すると、外

灯も消えた。たった一つ残っている外灯の下に私達姉妹三人は残され、大人達は走って警察署へ行った。すぐに一番姉が、「便所行きたい」と言うので付いて行った。鶴見茶屋の二軒手前のボットン便所だった。トイレに入ると一番姉が、

「あったー！　セカンドバッグあったー！」と叫んだ。私と二番姉も、狭くて汚ない便所に押し入った。なんと便器の中の汚物の上にあの赤いセカンドバッグが捨てられていた。私達は、店の裏にあったホウキの柄で何とか掬い上げようとしたが、どんどん沈んでいった。すると、母親達の声がしたので、

「あったよー！　ここの便器ん中に落ちとうけど掬えん」と言うと、三人とも便器の底を覗いた。母親は、

「もう、あきらめんしゃい。中身はとっくに抜かれとう……」と言って外に出て行った。私達姉妹三人は諦めきれず、何とかしてバッグを取り出そうと考えた。一番姉が、

「美枝子、あんたしかこの穴に入れん。あんた、足の指で掴んだりするの得意やろう。ここに梅ヶ枝餅の紐があるけん、これを何重にもして両手に結んで、あんたを吊るすけん、足でバッグば掴みんしゃい」と言う。私は、いつも小遣いをくれる常連客の江藤さんの指が三本しかないので、不公平なジャンケンをしているのが申し訳なくて、足の指でジャンケンしたり、マジックを挟んで字を書いたりしていた。だから、足を使ってバッグを取るのは訳ないと思ったが、この穴の中に入ることに躊躇した。すると、外で母親の泣き叫ぶ声が聞こえた。

「うち達が、清川の赤線の女やけん言うても、あんまりや、こんな罰当てんでも……！」と、何とも言えない声が響いた。

私達姉妹にとって、苦労人の母親の泣き声は、神様の声より心に響くものがあった。

私は覚悟を決め、紫色の紐を両手に結び付け裸足で中に吊るされた。しかし、梅ヶ枝餅の紫色の紐は和紙だったため、水気を含むと三秒後にバッサリ切れた。私は足ではなく手でセカンドバッグを掴んだものの、あっという間

に首まで汚物に浸かった。「捕まれー！」と下げられたホウキにも手が届かず、暗闇の中で、体中の穴という穴に黒いダンゴ虫がじわじわと入ってくるように思えた。

もう、駄目か——と思ったところに、知らないおじさんが懐中電灯を照らしながら、「おーい、聞こえるかー」と覗き込んだ。口も浸かりそうになった私は、腹の底から、「うぅ、はーい！」と大声を挙げた。

「今から、ホースを投げるから、それを両方の腕に通すんだ」と聞こえ、すぐにホースが落とされた。私は言われた通りに腕を通した。

「どうかぁ、ちゃんと通ったかぁ？　少しずつ引くから、しっかり脇で挟めよ。それから右手にグルグル巻け」とおじさんは叫ぶ。私は言われた通りにして、

「巻いたぁー」と叫ぶとすぐに、ポーンと引っ張り上げられた。汚物まみれのバッグを姉に渡すと、おじさんが「こっちゃ、来い」と急かす。小柄で早足のおじさんに付いて行くと、鯉の池の横で「そこで、立っちょれ」と、デカいホースであったかい水を頭から掛けられた。

「こりゃ、井戸水やけんあったかいやろう。ご利益のある貴重な水や、使うたら怒らるうけん、内緒ぞぉ」とおじさんはにこやかに言った。

私達は、参拝客に壊された添え木の打ち直しに来ていた牛島造園のおじさんに助けられた。帰りは、おじさんのトラックの荷台に乗せられ、シートを被せられると、その中で蹲った。シートの隙間から入ってくる風は痛い程冷たかった。

姉妹三人、体を寄せ合いながら、つんと意地悪そうな三日月に向かって、

「菅原道真の馬鹿野郎！」と何度も何度も叫んだ。

第七章　清らかな風の吹く町

化石の街

清川の街は「キャバレー月世界」の閉店と共に、化石の街となっていった。柳の木も、小便を引っ掛ける客が居なくなり、鱗のような深い皺を浮かべた。

私達の棲み家「カフエーふじ」も、とうとうシャンデリアの電気代さえケチるようになった。蝋燭の灯一本で母とミキちゃん、ミヨちゃんの安い洗面器の様な顔を照らすようになった。私は、静まり返った店を覗き込んでは、

「うわぁー本当のお化け屋敷やー」と叫んで三人を冷やかした。

小学校でも、たくさんの友人達が別れの挨拶も無しに何処かへ消えて行った。殆どが水商売の子供達で、夜逃げしたらしかった。先生達も連絡の無い欠席の子の名を呼ぶ度に「あーっ…」と溜め息をもらした。

うちの商売もお客さんを取るために、ミキちゃんとミヨちゃんと私は、毎日危ない橋を渡るようになった。

薄紫色の小雨が降り続く日だった。夕飯を食べ終えた私は、破れ丸椅子のカバーにしていた薄っぺらい座布団を、家の前に立っている柳の添え木の上に置いた。そこによじ登って腰掛け、お巡りを見張った。お巡りが来ると口笛を吹くことにしていた。

ミヨちゃんはいつもの黒のロングドレスを着て、通る男達に、

「お兄さん、遊んで行かんねー店ん中に入ったら、赤い服の若いお姉ちゃんがおるよ。ビール二本頼んだら何でも

出来るよー」と声を掛ける。殆どの客は、

「嘘ばっかい！　中におるとは化け物のようなおばちゃんやろう」と言って通り過ぎようとする。ミヨちゃんは、

「嘘やなかー、中ちょっと見てんしゃい」と言うと、男という生き物は大層単純な生き物で、みんな中を覗く。暗闇の中で、赤いドレスを着たミキちゃんが立っている。だいたい十人に一人くらいは、

「ようしっ、ビール二本」と言って入って行った。

私は、千代の富士が女装したような女を見て、男ががっくりするのを想像し、柳の枝を両手で掴んでひっくり返るくらい笑った。

そんな客引きを二ケ月も続けた金曜日の雨の夜、大変な事が起こった。

黒いコウモリ傘を斜めにさした背のひょろっとした男が店の前をゆっくりと通った。私が注意深く見ようとすると、男は視線を逸らしたが、眼は鋭く光っていた。肌の色は浅黒く、頑固そうな鷲鼻の横には青黒い大きなホクロがあった。薄情そうな薄い唇には、短くて無くなりそうな煙草がひっついていた。

ミヨちゃんは、いつも通りに声を掛けた。

「お兄さーん！　遊んで行かんねー、店の中に入ったら、赤い服の姉ちゃんがおるよ。ビール二本頼んだら、何でも出来るよー」

男は少し間を空けて、

「何でも、って？」と静かに訊いた。

「何でも、ってイヤーネー、とぼけちゃってー」とミヨちゃんは言いながら、顔色を変えた。

男はいきなりコウモリ傘を投げ捨てた。ミヨちゃんは、

「しまったー刑事やー！」と叫びながら懸命に逃げようとした。

売春防止法は、現行犯逮捕が決まりだから逃げきれば白である。

しつこく逃げようとするミヨちゃんに、男は警棒で殴りつけた。ミヨちゃんの「うーん、うーん」と言う呻き声が、柳の葉をすり抜ける風の叫びの様に私の耳の奥を刺した。ドアから赤い服を着たミキちゃんが「姉さん逃げてー！　うちが押さえるけん、早う！」と叫びながら、男の細い脚にしがみついた。男は頭から倒れ込んだ。私は、

「ようし、いまだ！」と、柳の木から飛び降り玄関に走り、犬の鎖を取って、こっそり電柱から店の前を覗き見た。

いきなり、体格のいい男二人が走って来て警棒をふるった。ミキちゃんとミヨちゃんはあっという間にぐったりとのびてしまった。それでも男達は何度も棒を振り下ろした。

私は心配でたまらなくなり、近寄って行くと、ミキちゃんがパンパンに腫れあがった顔をゆっくりと横にした。

私は、親のないハイエナの子の様な本能で、鎖を上衣の中に隠し通行人のふりをした。涙を押し殺して、「キャバレー月世界」の入り口まで走った。

この暗闇の中に浮かぶ、取り壊し工事途中の月世界は、肉食のヤクザが作った街「清川」のティラノサウルスの様な存在だった。

目の前のティラノサウルスは、錆びた鉄骨が飛び出して、痛々しい姿のまま化石になるのを待っている。雨は生き残っている仲間への涙で、風は「もう終わった」と叫んでいるようだった。

翌日、包帯グルグル巻きのミキちゃんとミヨちゃんが戻って来た。口はしっかりしていたが、包帯から見える所は黒い紫色で売り物にならない茄子の様だった。

一週間後、警察から通知が来た。一ケ月間の営業停止と五十万円の罰金だった。

薄いペラッとした紙切れ一枚だった。

仏壇返し

母親とミキちゃんとミヨちゃんは、店の帳簿を引っぱり出し、毎日集金に東奔西走した。それでも、一月分の生活費とミキちゃんミヨちゃんの治療費、罰金の五十万円には到底追いつかない。

最後の賭けに出た母親は、もう何年も呑み代を溜めている久山の農家の男の処に、私達三人を引き連れて集金に行くと言い出した。日曜の朝早く、

「鈴子、史枝、美枝子、三人とも犬鳴峠の貧乏百姓の処に集金に行くけん、あんた達も負けんごとボロ着て付いて来んしゃい！　それから美枝子、リュックからいんしゃいよ！」と叩き起こされた。

博多駅から電車に乗って、山の中の駅で降りた。最初はピクニック気分だったが、あんまり遠く、雨雲は黒く山に伸し掛かって、蒸し器の中にいる様だった。

怖い噂で有名な犬鳴峠まで来ると、入り口にたくさんの花束があった。中に入るのは怖かったが姉二人が、「美枝子ー。後ろから女の人が追い駆けてくるぞー！」と叫ぶので、懸命に走りぬけた。

山道を下ると、平屋の古い家が一軒だけぽつんとあった。母親は、その家の玄関の前に立ち、

「花田さーん！　今日は、四年前からのツケの集金に来ましたぁ。『ふじ』のカオルです！」と大声をあげた。中からは、テレビのざらざらした音が響いていたが、人は一向に出て来ない。母親は、ドンドンとガラス戸を叩いた。やっと出て来たのは、腰の曲がった木魚の様な爺さんだった。爺さんは何も言わず、ただ土間に私達を招き入れた。古くて広い土間には、子供用の靴と干した野菜が置いてあるだけだった。要らない物など何一つない貧しさを感じた。

母親は、

「一郎さんが戻るまで、待たして貰います！」と丸椅子に座り込んだ。爺さんは、慣れた風で、知らん顔のままテレビをじっと見ていた。

そのうち、子供達が戻って来た。女の子二人揃ってこけしの様な子だった。女の子達は私達の事はまるで見えていないかの様に、全く気にせず大人しく遊んでいた。

日暮れ近くになって男が帰って来た。男は、母親の顔を見ると少し驚いたが、きっぱりと冷めた顔で向き直り
「すまんが、家には金は一銭もない」と言い放った。母親は、

「うちは、あんたの集金が出来んと家族で首括らんといかんとばい。あるだけでもいいけん払うちゃらんね」と返した。

男は少しイライラした顔で、

「払えんもんは、払えん！」と声を荒げた。母親は、顎をしゃくりながら、

「鈴子、史枝、美枝子、みんなで仏さんの物ばリュックに詰め込みんしゃい！」と大声で叫んだ。私が、仏壇の前でおどおどしていると、一番上の姉が嫌そうな顔をして、

「うちの母ちゃんは、いつも自分の手を汚さんめぇが、ねぇー」と呟きながら、私のリュックの中に、遺影や位牌、小さな仏様などを押し込んだ。

爺さんも男も、かなり動揺した様子だったが、母親は顔色一つ変えず、

「金返せんとなら、うちが預かりますけん、金が出来たら取り戻しに来んしゃい！」と腹を括った様な声を出すと、二人とも静かに俯いた。

一週間後、私達が手を汚した甲斐があったのか、男がツケの半分の金を持って来た。

サブちゃんの白い雲

ミキちゃんとミヨちゃんの怪我もだいぶ治まり、罰金の五十万円も用意することが出来た頃、長年の常連客〝壱岐のお父さん〟から電話があった。

「みんなー〝壱岐のお父さん〟が久しぶりに博多に出て来るけん、焼き肉屋に連れてってやるってよー」と、ミキちゃんは強そうなスキッ歯を見せてガッツポーズをした。

私達は暫くの間、鰯と漬物ばっかりだったから、久しぶりの「肉」に心踊らせ、「ロッキー」のテーマソングを大音量で流しながら大掃除をした。

「ほらー〝壱岐のお父さん〟来たよー！　みんな太平楽行くよー！」とミヨちゃんの低いガラガラの声が響いた。私達は、慌てて外に飛び出した。

太平楽に入ると、ガラの悪いチンピラや女売りの男達が黒い煙に顔を隠す様に大人しくホルモンを食べている。そんな中、〝壱岐のお父さん〟が花咲か爺さんの笑顔で手招きした。私達が駆け寄ると、

「何でん好きなもの食べんね、それからお土産持って来たぞー」と目尻に皴を寄せ、淡い水色のガラスにロープが巻き付いた貯金箱を三つくれた。姉達は、お土産には喜ばなかったが、私はこのガラスの貯金箱に五円玉を入れた時の、「オチャリン♪」という音がとても気に入ったので嬉しかった。

〝壱岐のお父さん〟は、すっかり年寄りになった声で、

「今日は、みんなと会うのが最後かもしれん、鈴ちゃんも史ちゃんも美枝ちゃんも欲しい物がありゃあ、何でん買うちゃるけん、言うてみぃ」と言う。

一番姉は、「私、ラジカセが欲しいけど高いっちゃんねー三万はするもん…」と頬に人差し指を押し当てると、〝壱岐のお父さん〟は白い郵便局の封筒から三万円を手渡した。

二番姉は、「俺、本物のボクシンググローブが欲しい…」と尻すぼみに言った。〝壱岐のお父さん〟は、また三万円を姉に手渡した。

私は、「赤いミッキーマウスの音が流れる時計が欲しいっちゃん、一万円！」と人差し指を立てた。すぐさま母親が「馬鹿ちん！」と、私の中指と薬指を立たせた。

〝壱岐のお父さん〟は、私にも笑顔で三万円を膝の上に乗せてくれた。うちのお客さんの中では、〝壱岐のお父さん〟が一番好きだと思った。でも、細くて垂れ下がった喉を見ると、いつお迎えが来てもおかしくないと思った。

「本当に、俺もこの清川ン町には十七ン頃から、ずっと世話になったなぁ。来月で八十になる。息子との約束で八十になったら老人ホームに入ることになっとる…そやばってん、みんなが遊びに来たら小遣いくらいは持たしてやるけん。何かあったら、せびりに来いよー！」と恰好をつけた。

太平楽を出て、千鳥足の〝壱岐のお父さん〟の両脇を抱え込んだミキちゃんとミヨちゃんは、タクシーに手を上げて転がり込んだ。

そこに、家の前の橋本質店のおばさんが秋田犬のサブちゃんの散歩で前を通りかかった。上機嫌のミキちゃんは、タクシーの窓から顔を出して、サブちゃんに抱きつこうとした。

「ガルゥーグワッ」と唸りながらサブちゃんは、ミキちゃんの首元に噛みついて、タクシーの窓から引きずり出した。おばちゃんが大声を上げながら、サブちゃんの首輪を力いっぱい引き上げたが、びくともしない。ミヨちゃんが、「ドラー！」と慌ててバッグを振り回すと、今度はミヨちゃんの左肩に凄い勢いで噛みついた。

私は太平楽に戻って、「サブちゃんが噛みついて大変やけん、早う誰か助けてー！」と叫んだ。

たくさんの清川のヤクザ、チンピラが出て来てくれた。サブちゃんは隅っこで体を震わせ、ミキちゃんとミヨちゃんは大量の血を流して座り込んでいた。

「こりゃあ、早う救急車ば呼ばんといかんぞー」と、ポマードべっとりの男が下っ端に命令口調で言うと、ミキちゃんは弱々しく手を横に振って、

「いかん。保険証も持ってないけん、大袈裟にせんといてー。お兄さん頼むけん、うちばタクシーに乗せてくれんね…」と絞り出すような声を出した。

リーダー格の男は一人無言で、ミキちゃんとミヨちゃんを抱きかかえタクシーに乗せた。

「あー、何でこんなー、あー」と泣いてサブちゃんを叩くおばちゃんに、私は、

「大丈夫よ、ミキちゃんもミヨちゃんもこのくらいでは死なんように出来とるけん。西外科で診てもらえばすぐ治るけん。そうや、西外科に行こう！」と、ロータリー角の西外科に走った。姉二人もすぐに追って来た。

「美枝ちゃんと史ちゃんは噛まれとらんねー？」と、気ぜわしく尋ねるおばさんがいた。良く見ると、西外科の看護婦さんだった。

「うん、噛まれたのはミキちゃんとミヨちゃん」と言いかけると、看護婦さんは、

「あー、良かったぁ。あんた達が『サブちゃんに、クロを躾けてもらうっちゃん』て言うて、ようサブちゃん所に行きよったけん、てっきり…」とホッとした顔をして中に慌ただしく入った。私達も後に続いた。

「あーっ、痛かぁー、先生早う麻酔ばー」とミキちゃんの叫び声が聞こえた。看護婦さんが慌てて、

「うわぁー、こりゃあ、急いで縫わんといかんばい、ねぇ先生？　あらっ」

先生は診察台の横で赤ら顔して首を振っている。

「先生もしかして、酔っ払っとんしゃあーと？」と、またまた慌てふためく。

「もう、看護婦さんで良かけん。早う、麻酔して縫ってー！」とミキちゃんの叫び声が聞こえた。看護婦さんが、「子供は、見ちゃいかん」と言って診察室のドアを閉めた。

それと同時に、サブちゃんのおばちゃんが重苦しい顔で入って来た。

「先生は診てくれるって？」と不安気に訊く。私達三人は目を合わせて、「う、うん…」とだけ答え下を向いた。すぐにミキちゃんの「イダッ、イイー」の叫び声が響いた。おばちゃんは、苦しそうな顔をして、

「本当に、こんなことになってしもうて…、サブは保健所で処分してもらうことにします。今まで、本当にみんなには可愛がってもらったのにねぇ、スミマセン…」と涙を流した。私は、

「おばちゃん、絶対に駄目やけん！　悪いのはミキちゃんやけん！　サブちゃんが子供の時に、変なタクシーの運転手から殴られてから、タクシーだけは怖がるって知っとったクセにー！」と言うと、すぐに診察室から、

「子供達の言う通り、悪いのはうちやけん、サブちゃんを保健所に連れて行くやら言わんといてー！」と、ミキちゃんの掠れ声が聞こえた。おばちゃんは、眼を細めて椅子にコツンと腰を下ろした。暫くして、

「痛かったぁー。酒飲んどう時は麻酔が効かんってのは本当やった」

「そうばい！　うちも、えらい痛かったもんねー」と二人の元気そうな声が響いた。顔を上げると、ただでさえ器量の悪い二人がフランケンシュタインの様になって出て来た。

帰り道、サブちゃんのおばちゃんと〝壱岐のお父さん〟の二人の死にそうな顔を見ると、私は面白いことが言いたくなった。

「ねぇーもうこうなったら『カフエーふじ』やなくて『お化け屋敷ふじ』にしようや。毎日が放生会！　サイコーやん」と言ったところで唇をつねられた。

翌日から、クーラーつけっ放しの婆ちゃんの部屋には、後は井戸に飛び込むしかないというくらい「どん底」の女郎三人組が溜め息をつきながら、三面鏡の前を陣取っていた。

「サブちゃんもねぇ、顔まで噛まんでもねぇ…」とミキちゃんが右端の鏡に顔を写した。

「うちの口は、口裂け女のごとなっとる…」とミヨちゃんが左端の鏡に顔を写した。

「うちも、あと二十若かったらねぇ…」

と母が真ん中の鏡でおしろいを下顎に叩き込む。

魔性の三面鏡にすっかり生気を抜き取られた私は、

「婆ちゃん、何か嫌な予感がするっちゃんねぇ、あれからサブちゃん見らんけど、おばちゃんもしかして…」と言いかけると、切り傷の様な目で私を見つめながら
「サブちゃんは、可哀想ばってん殺したが良かろう…橋本さんところは去年、ご主人亡くして奥さんだけやろうが…秋田犬は女一人で面倒見るとは大変やし、一度人を噛んだ犬は…」と言ったところで私は、カーッと頭に血が上り、

「何言いようと！　婆ちゃんはやっぱり根性腐れやね。今やけん白状するけど、小学二年の時、『キャンディキャンディ』の最終回だけは絶対に見せてねって約束しとったのに、婆ちゃんは、知らん顔して『暴れん坊将軍』見だしたやろう。私が『ギャーギャー』暴れ出したら婆ちゃんは腹かいて、私をパンツ一枚にして外に追い出したもんね。あの時、サブちゃんの小屋の中でサブちゃんと朝まで寝とったっちゃん。サブちゃんがおらんかったら、寒さで死んどったろうやー！　婆ちゃんも孫殺しで捕まるところやったっちゃけん…私、やっぱりサブちゃんとこ行ってくる！」と言って、妖怪と死神が住む部屋から抜け出した。

橋本質店に近づくに連れて、何か焦げた様な匂いがした。私が勝手口の隙間から覗き込むと、ゴミを焼くドラム

缶の前でおばちゃんが黒い煙に囲まれて何かを燃やしていた。私は家に戻って、ベランダから屋根に登ってサブちゃん宅を見下ろした。土間に所狭しと置かれていたサブちゃんの小屋も、サブちゃんの姿も無かった。私は風に吹き飛ばされて、白が圧勝のオセロのような瓦屋根に寝そべって泣いた。サブちゃん宅から昇る黒い煙が、お日様に近づくと白い大きなサブちゃんになって消えた。

さいたらおばさん

数日後、珍しいお客さんがやって来た。清川では老舗の料理屋「国貴」の大女将だ。大女将は、三味線の先生もしていたのでいつも着物を着ていた。しゃんとしているので八十には見えなかった。うちの婆ちゃんと張り合うぐらい口が達者で声も大きかった。婆ちゃんが寝たきりになる前は、うちに良く花札をしに来ては、イカサマに怒ってドアを「バーン」と閉めて帰って行った。

私が、「おばちゃん、久しぶりー。婆ちゃんまだ生きとうよ」と小声で呟くと、

「ちょっと、あんた、大母さんによう似て来たねぇ」と呆れ顔をした。私は、部屋に戻るふりをして冷蔵庫の陰から聞き耳を立てた。

「大母さーん。久しぶり国貴です。うちももうすぐ八十になるばってんが、大母さんはもう九十かいな？　今日は、死ぬ前に言うとかないかん事ば話しに来たけん、腹かかんでうちの話ば最後まで聞いちゃってん…」と婆ちゃんの布団の横に座り込んだ。

「いやらしかー！　私やあ、まだ八十七やが。それに、あんたのごたぁ根性のひん曲がっとる女が早う死んだりす

るもんか！」と返した。

「まぁ、有難う、大母さん。それはそうとうちはまだ足が強かけん、ちょろちょろ出来るけん、清川のことは何でも知っとる。大母さんところが捕まったことも、ミキちゃんとミヨちゃんが犬に噛まれて顔面神経痛になっとることも知っとる。はっきり言うばってん、このまま清川で商売して行くのは絶対無理や。もう、時代が変わってしもうたとよ。うちも大母さんのところも、何とか孫には恵まれたろうが…。このまま、人も通りゃあせん清川で借金しながら、恥ずかしい商売ば孫にまでさせらないかんごとなったら…戦争で亭主取られてから女一人で頑張って来た苦労も、水の泡やないね。大母さん、ここまで言うたら、うちが言いたいこと分かるやろ…」と珍しく大女将はすすり泣いた。

「もう、あんたの泣き声やら聴きとうなかー。それから、何べんも言うばってんが、私はそこら辺の三味線芸者とは違う。師範学校出の先生ばい。店畳んだっちゃ、孫食べさせるくらいは、お上から恩給貰えるとやけん。寝たきりなったっちゃ、百迄生きるつもりや。孫達にも『婆ちゃんが、布団の中で冷とうなっても、すぐ生き返るけん、そのまんましときんしゃい』って言うとっちゃけん。あんた、もう私が生きとうか確かめに来んでいいけんね」と鉄砲玉の様に返すと、

「もうー、歯痒いことばっかり言う婆さんやねー！　ミキちゃんもミヨちゃんも大変やったろうね…、あっ、これね、ミキちゃんとミヨちゃんを引き受けてくれる人、見つけといたけん。見てんこの人、七十歳で足が悪くて寝たきりやけど、品の良い仏さんの様な顔しちゃあけん、ミヨちゃんに良かろう。こっちの人は、漁師さんで片目無いらしいけど、アパート持っとんしゃあし、刺青取ってくれたらいいって、言ってくれんしゃったとよー」と大女将は、写真を婆ちゃんの目の前に差し出した。

「そんな棺桶に両足突っ込んでも女ば欲しがる様な色ボケ爺さんの写真やら見らんでよか！」と言って、手で払っ

た。大女将は、「バーン」とドアの音を立てて帰って行った。

その夜、皆で婆ちゃんの部屋で女七人の家族会議を開いた。とは言っても、テーブルの上に国貴の大女将が置いていった、ミキちゃんとミヨちゃんの引き受け手の二枚の写真を見て、大笑いしていた。

「ちょっと、この写真『あしたのジョー』のおやっさんのそっくりさんかと思ったー」と二番姉が、珍しく嬉しそうに涙を流しながら笑い転げた。

「いいや、それよりもこの寝たきりの爺さんの方が…国貴のおばさんも、仏さんの様に品の良いやら、上手いこと言うよねー、だってこげん痩せ細って寝たきりやったら、ある意味、半分仏さんやろーもん…」と一番姉が、涙を拭いながらひっくり返って笑った。私が、

「あっ、それって今流行っとう映画みたいやん、『天国に一番近い…』」と言ったところで、姉二人が
「『天国に一番近い老人』ねー、上手！　美枝子それでこそ妹や、座布団一枚！」と、婆ちゃんの横に置いてある座布団を私にポーンと投げた。

「何で、うちは三人とも、漫才師の様な女子に育ったとかいなー」と婆ちゃんは呟きながら肩を震わせて笑い、目頭をチリ紙で押さえた。

「ミキちゃんとミヨちゃんのお蔭で、本当に三人とも良う育った、有難う。もう『カフエーふじ』はやめる時が来た。ほんの少ししかお金用意出来んばってん、いつでも出てってよかけん」と涙を流した。私達が
「婆ちゃんボケとうと?」と言うと、「うるさい、あんた達は黙っときんしゃい!」と怒鳴った。

「大母さーん、そげな事言わんといて！　うち達、家族も、行く所も無いとよ。此処がうち達の家と思うとります。こげな事になってしもうて本当に申し訳ない…。外で掃除婦でも魚下ろしでも何でもして、加勢しますけん。ずっと、おいて下さい。うち達が本当につらいのは、子供達と離れることですけん…」と二人は泣きながら縋った。婆

ちゃんは、ぴくりともせず、「明日、話そう」とだけ言った。

その夜、私達姉妹は三人で話し合った。婆ちゃんと母親が、ミキちゃんとミヨちゃんを追い出すのを諦める迄は口を利かない、言う事も頼まれ事も一切聞かない事を誓った。私達の部屋からは、「ラララー　ラララーラララ…今何時？　そうね　だいたいね」と、サザンオールスターズの「勝手にシンドバッド」が大音量で流れた。

一週間後、しびれを切らした母親が、

「あんた達、大概にしんしゃいよ。ミキちゃんとミヨちゃんの事考えてやったら、うちなんかに居るよりも、貰い手があるうちに出してやらんと、二人ともずっと働きながら貧乏せないかんとよ。そっちの方が可哀想やろうもん。国貴の写真の人に会いに行ってみたら、ミヨちゃんの相手は入院して駄目やったけど、長年の常連客の江藤さんが引き受けてくれるけん、良かった。ミキちゃんの相手は、本当に漫画に出て来そうな人やったばってんが、優しそうな人やった。スキッ歯でミキちゃんとはお似合いや。ミキちゃんとミヨちゃんも納得しとる。あんた達も気持ち良く見送ってやるのが、今まで可愛がって貰ったせめてものお礼たい」と仁王立ちで言った。

姉二人は、「ふーん、そうかぁ」と納得した。私は、

「姉ちゃん達裏切るったい。こうなったら、私一人でも続けるけん！」と、部屋に閉じ篭った。

清川の女戦士たち

夜になって、婆ちゃんが「美枝ちゃん、ご飯食べんねー」と何度も呼んだ。

「今日から、私のご飯要らんけんねー。私、一人で外食するっちゃん」と貯金箱を抱え夜の町に飛び出した。行き

先は、一丁目商店街にある「デイリークイーン」と言うハンバーガー屋だ。

そこは、昼間とは違って客と厚化粧のお姉さん達の待ち合わせで、やけに賑わっていた。私はハンバーガーとジュースを買って席に着いた。向かいの左端に、同じクラスの男子が母親と妹と一緒に座っていた。暫くすると、待ち合わせの客らしい男と母親は出て行った。私は気になり、ハンバーガーを食べ終わるとジュースを持って近寄った。

「オッス！　吉村、何しようとー？」と手を上げると、

「あっ、岩崎さんこそ、こんな所で一人で何しようと？」

「まっ、色々あってね。これからは毎日ここで夕ご飯を食べるつもりよ」と格好をつけた。

「ふーん。家にご飯があるのに一人で外食するなんて、岩崎さん宅、金持ちやね」

「なんがねー、うちの親父はサイテーな奴で、仕事はせんわ、愛人は作るわ、博打はするわ、その上たまに家に戻って来て、金渡さんかったら暴れ回るとよ」

「うちもそうやん。毎日、父ちゃんが酒呑んで暴れるけん。俺達はここで母ちゃんの仕事が終わるまで待っとかないかんちゃん」と、少し目を赤くした。

「はぁ、そりゃ大変やねぇ。あんたもうちの姉ちゃんみたいに柔道習って、呑んだくれ親父を投げ飛ばせるようにならないかんね」

「でも、そんな事して親父が働けんごとなったら、うち借金があるけん…」と口をへの字にした。

「うちは今まで、カフエーを母親がしよったけん、何とかなったけど…もう店畳まないかんくなったとよ。そうよー、これからどうなるっちゃろうかぁ」

「お互いお金には苦労するねぇ…」

吉村はゴム人形の様に丸まって呟いた。私は、横で男物のおさがりを着て、大きめのゴム草履を何度も落としては履き直す吉村の妹を見ると、何とかしてあげたいと思った。紙袋に入れて持って来た五十円玉で一杯の貯金箱を出して、

「ちょっと、凄いこと思いついた。裏路地に『トリス』って言う喫茶店があるやん。そこの一回五十円のインベーダーゲームで勝ち続けたら百万円貰えるって知っとった？　うちの姉ちゃん達がよーく行きようけん、私も付いて行こうとしたら、婆ちゃんが『あそこは変態がおるけん、付いて行ったら駄目』って言うて、私だけ一度も行ったことがないけん、今から行ってみよう。私が貯めた五十円玉がたくさんあるけん、これで百万稼ごう！」と言うと、二人共捨てられたばかりの野良犬の様に喜んで付いて来た。

トリスの前に来ると、電飾が消えかけた小さめの置き看板があった。その看板に貼り紙があった。「楽しいゲームあります。ゲームに勝てば百万円！」と書いてあったので、私はそれを指差して「ほらね」と、カランコロンのドアを押し開けた。中は狭くて暗くて、煙草の煙で曇っていた。入ってすぐの小さなカウンターには誰もいない。中央にテーブル式のインベーダーゲームが四台くっ付いて置いてあり、その両側にはテーブルとイスが二セットずつ置いてあった。一番奥には黒い革張りのソファーとヒビの大きく入った石のテーブルがあった。ゲームには若いカップルが座っていて、男だけがゲームに夢中になっていた。女はそれをブスッと見ている。左側のテーブルには、金の太いネックレスを付けたチンピラ風の男が股を広げて、漫画をニヤニヤしながら読んでいた。奥のソファーには、四人の男がピッタリとくっ付いて座り、皆キャップを被っていた。四人共色白で小柄、Tシャツに短パンだったが汚さや貧しさは感じられなかった。その横の小さめのイスには、馬面でひょろっとした男が白い長袖のシャツを着て、大人しそうにカメラを弄っていた。

私達は、ゲームのやり方が分からず、突っ立ったまま、カップルの男がやっているのをじっと見ていた。

「ついてるな、不良小学生！　俺の名古屋撃ち見とけよ」と男は自慢気に言った。私達は噛り付くようにゲームに見入った。暫くすると女が、「もう、私帰る！」と席を立つと、男も慌てて席を立った。

「さあ、やろう！」と、私がポケットから五十円玉を何枚か置くと、「やっぱり、岩崎さんからやってー。俺見とくけん」と吉村は言う。私は緊張しながら五十円玉を入れてゲームをやってみたが、すぐにゲームオーバーになった。あっという間にテーブルの五十円玉を使い切った。さらに五十円玉の入った貯金箱を紙袋から取り出すと、ソファーの四人組がいきなり近寄って来た。

「何やそれ、ちょっと見せてみろ」と言う。私は、貯金箱を抱きしめ、

「うちの親父は、すっげえ怖いっちゃけん、変な真似したらタダじゃおかんけんね」と四人を睨み付けた。四人組は馬面の方へ行って、何かコソコソと喋っていた。すると、馬面の男が近寄って来た。

「お前、えらいませた顔したガキやな、父ちゃんはどうせ清川のヤクザや、俺の父ちゃんは大阪のヤクザやさかい、清川のヤクザくらい怖ないぞ」とすごむ。

馬面はニタニタして近寄り、私から貯金箱を盗ろうとした。私は、

「イヤヤー！」と叫んで逃げようとしたが、すぐに四人に押さえ付けられ、馬面に貯金箱を盗られた。私は何とか顔を横に向けて、

「吉村、早く誰か呼んで来てー」と言ったが、吉村と妹は蹲って震えるだけだった。私は、天井を向いて、

「はん、男の癖に小学生の女から金ば巻き上げてから、お前ら、小っせぇ男やねー」と罵った。馬面は私を睨み付け、

「あのガキうるせぇ。口にガムテープ貼っとけ」と四人に命令した。足を押さえていた男が立ち上がり、ガムテープを持って来た。私は最後の力を振り絞って、噛みついたり大声を上げたりして抵抗した。

「こらぁー、キサマら何ばしようとかー!」とミキちゃんの掠れ声が響くと、物凄い勢いで四人組にタックルした。馬面の男は、

「何やー、このオバはん」と小さな目をピンポン玉の様にした。ミキちゃんは、

「何こきようかーこの尻の青いガキが、うちはこの子の育ての親ぞ! この子に変な真似しとったら、ドタマかち割るぞー!」と、テレビゲームの台に左足を大股開きで乗せた。ミキちゃんの履き込んで色褪せた肌色のパンツには、インベーダーゲームの「GAME　OVER」の文字が浮かび上がっていた。馬面の男は、ぴくぴく瞬きしながら、

「俺達、何もしてへんでー。ただ、貯金箱の中の金数えてやろうとしたら、こいつが暴れだしただけやー」としらじらしく言った。

「嘘言うな! 金盗ろうとしたやないやー。それから、みんなで押さえ付けて口にガムテープ貼ろうとしよったー」と私が大声を上げると、ミキちゃんは馬面の胸ぐらを掴んだ。馬面はひょーひょーと逃げながら、

「おい、お前ら、早くこの化け物の様なオバはんを押さえ付けろ!」と叫ぶと、四人組がミキちゃんを取り囲んだ。ミキちゃんも噛みついたり、イスを足でひっくり返したりして抵抗したが、四人に押え込まれた。私は、店の奥で隠れるように、こっちを見ている店番の男に駆け寄って、

「お兄さん、早う警察呼んでー」と言うと、男は申し訳なさそうに下を向き、

「悪いが、俺は出来ん。外に行って誰か呼んで来い」と小声で呟いた。私は、男の態度が頭にきて、

「なんでー! 急いで警察呼んでー」と台を叩きながら叫ぶと、

「美枝ちゃん、警察は絶対呼んだらつまらん。あたきは、十年も刑務所におったとやけん…」とミキちゃんの押潰れそうな声が響いた。私は、わざと返事をしないで店の外に走り出た。

外は、真っ暗で蒸し暑かったが、近くのたこ焼き屋の提灯が出ていたので走った。近づくと、おばさんが足を泡だらけにして店のマットを洗っていた。

「おばちゃん、大変！　急いであの店に行ってーミキちゃんが変態男五人に捕まっとうと、訳あって警察呼べんけん、お願い！」とトリスを指差すと、

「わかった」と無愛想に返事をしただけだったが、走りながら振り返ると、おばちゃんは裸足のまま店のシャッターを下ろす棒を持ってトリスに向かっていた。私は次に少し距離はあったが、うちの常連客の江藤さんの住む「ホテル・エデン」を目指した。途中、着た切り雀で有名な下駄屋のおばさんに会った。私は、おばさんが痩せていて力にはなりそうに思えなかったので、

「おばちゃん、国貴の大女将さんに『ミキちゃんがトリスで変態五人に捕まって、警察も呼ばれんで困っとるけん、急いで人集めてよこして』と伝えて下さい」とだけ言って走り去った。

　息を切らして江藤さんの部屋の前まで来ると、「ウッウッ、ウォッ、ウオォー」とオットセイのような鳴き声が聞こえた。「うわぁー、どうしょう」とどんよりした気持ちになったが、

「江藤さーん！　大変！　ミキちゃんが変態学生に捕まっとうとよー早う開けてー！」とドアをガンガン叩くと、珍しくチェーンを掛けたまま赤い顔をした江藤さんが、

「しーっ！　今取り込み中」とニタニタしながらドアを閉めようとする。私は、ドアの隙間に軍足を突っ込んで引き下がらないテレビの集金のおじさんを真似て、赤いスニーカーをドスッとドアの隙間に突っ込んだ。

「もう上着やら着らんでいいけん、そのまんま私に付いて来てん！」と江藤さんを黒目の奥で睨みつけた。

「わかった、わかった。そげん慌てんでちゃ、学生相手やったら、指一本で…」と部屋の奥に行く江藤さんに向かって、

「なんがねー、学生でも五人もおるっちゃけん、江藤さんの三本指じゃ負けるかもしれん、木刀持って来て！」と叫ぶと、「はっはっ」と笑っていたが、木刀を持って出て来た。

二人で走ってトリスに着くと、たくさんの清川の女連中が棒やバットを持って押し寄せていた。中に入ると、テレビゲームの上でミキちゃんとたこ焼き屋のおばさんが煙草を吹かしていた。その前では、着物姿の女が五人立っていた。良く見ると、国貴の仲居さん達で、限りなく婆さんに近いおばさん五人衆が、凄い勢いで説教していた。変態達は、五人肩寄せ合い震えていた。私が江藤さんに

「もう、江藤さんの出番ないね」と言うと、

「うわぁー。あいつら悲惨や。清川で一番怨めしい生き物に捕まってから…」と口走った。その声に、皆も肩を震わせた。

夕日との別れ

家に戻ると案の定、母親と婆ちゃんにこっぴどく叱られた。あんまり婆ちゃんが頭と足を叩くので、匍匐前進で廊下に這い出て、

「ミキちゃーん、助けてー」と叫ぶと、

「知らん。もう、うちは明後日からおらんごとなるとやけん、二度とこんな真似せんごと怒って貰っときんしゃい」と叫び返した。

私はびっくりして階段を這い上がり、ミキちゃんの部屋の襖を開けようとすると、開かなかった。

「ちょっとーミキちゃん開けてよー」

「駄目、今仕事しようけん、つまらん」

「何で、急に明後日出ていく訳？　もう少し先に延ばそうよ」

「いいや、そりゃつまらん、もう話しかけんといてー」

と、ミキちゃんが掠れ声で冷たく言い放った。血が上った私は、

「あっそう！　もうよか、良ーく分かった。絶対に刑務所に入っとった女にやら話しかけん、サヨウナラ」と憎まれ口を叩いて自分の部屋に篭って泣いた。

　次の日、前日の騒動で散歩に行けなかった番犬のクロが夜明けと共に、狂ったように吠えるので、腫れて閉じかけた瞼のままクロと散歩に行った。戻って、ミキちゃんの部屋を覗くとミキちゃんの姿が無い。婆ちゃんに、

「ねぇ、ミキちゃんもう居らんくなっとうよ。どこ行ったたっちゃろうか？」

「あー、ミキちゃんは、刺青を取りに広島に行ったとよー」と婆ちゃんはケロっと喋った。

「何でー？　広島まで？」

「そうたい。『お金は婆ちゃんが出してやるけん、こっちの病院でしんしゃい』って言ったとに、『こっちの病院やったら、百万もかかるけんせんで良か、刺青入れた所やったら麻酔無しやばってん、安うでやって貰えるけん』って言うて出て行った。刺青は入れる時より取る方が何倍も痛いらしいもんね。昔、ヤクザに追われたトウシロウが、刺青を取って逃げようとしたばってん、あまりの痛さで舌噛んで死んだらしい。ミキちゃんでも二、三回は気絶するやろうね…」と冷奴に色んな物を振りかける婆ちゃんの姿に、

「婆ちゃんは、本当に薄情者や」と言うと、

「なんがねぇ、最初ミキちゃんに『これは、今までのお礼やけん、受け取って』て言うて、新聞紙に百万包んで渡

したばってんが、どげんしても受け取らんかった。それで国貴の大女将に頼んで、『これは、ミキちゃんの引き受け手から預かったお金やけん、これで刺青ば取って来んしゃい』って言うてもろうて、やっと持って行った。婆ちゃんに薄情者やら言いよったら罰被るよ」と言い返された。私は、わざと天井を向いて握り飯に噛みついた。すると、襖が開いた。見ると、母親が恐ろしい目つきでこちらを睨み、

「ほらぁ美枝子、今から昨日のお詫びに清川中に菓子箱持って行くけん。着替えて付いて来んしゃい」と言う。

清川お詫び参りは、何処に行っても話が長くなって、朝出たのに帰りは四時過ぎだった。ようやく家に戻ると、婆ちゃんの部屋からミキちゃんの恐竜の様な呻き声が聞こえた。心配になった私は、冷蔵庫の陰から様子を伺った。

「あーっ、もう痛うて吐き気が止まらん。これじゃあ、氷もアイスノンも載せられん。幾らでもいいけん、姉さん、ドーナツのごと中ば丸う刳り貫いた氷ば探して来てー!」とミキちゃんが叫ぶ。

「もう、清川中の氷屋さん回ったけど、日曜日でどっこも開いとらん…どげんしたら良かかいなー?」とミヨちゃんが大きな溜め息をついた。私は、どうしてもミキちゃんを見たくなって、襖の前に鼠小僧の様に忍び足で近寄った。前髪のピンを外して襖の隙間に突っ込んで、音がしない様に少しずつ襖を開けて中を覗いた。

ミキちゃんの左足は、倍以上腫れあがって全体が鉛色に変わっていた。太股は鱗状に黒い血の塊が出来ていた。下に行く程、傘の様に広がって腫れ、死にかけたトリケラトプスの頭に見えた。

忍び足で部屋に戻った私は、百円玉が一杯の貯金箱を紙袋に入れて外へ出た。雨の中、自転車に乗って三丁目の氷屋に向かって、がんがん漕いだ。氷屋に着くと、店のシャッターは下りていたが、二階の窓は少し開いていて人の影が見えた。勝手口まで自転車を乗り上げブザーを押した。暫くして、体格の良いスキンヘッドのおじさんが、面倒臭そうに降りて来た。

「すみません。二丁目の『ふじ』ですが、うちのホステスさんが太股の刺青を取って痛がってるから、ドーナツみたいな氷を分けて下さい」と手で雨を拭いながら言うと、

「俺は、極道者と警察の世話になるような者とは商売はせん！　休みで氷もないけん、他当たってくれー」とにべもなく言う。

「じゃあ、おじさんは清川に住んどって一度も悪い事したこともないし、警察に捕まる人はみんな悪人って思うとんしゃあとたい！」と声を張り上げながら、おじさんの黒目の奥をじっと見た。おじさんは暫く考え込んでいたが、

「とにかく、俺は売らんぞー」と言いながら二階にスタスタ上がって行った。私は頭にきて何か叫びたくなったが、こんな所でモタモタしている暇は無いと思い、ドアを「バターン」と閉めて出た。

「ガッシャーン」と、雨で紙袋の底が抜け貯金箱が割れた。勝手口に百円玉が馬鹿みたいに広がり散らばった。私は雨に負けない程涙を降らすと、「こんな時に、〝銑の太郎さん〟が生きてたらな…」と呟いた。

「あらーっ、貯金箱割ってしもうたと？」とドアから小柄でショートカットのおばさんが出て来た。おばさんは、ニコニコしながら一緒に百円玉を拾ってくれた。

「ねぇ、あんたは小さい頃、二丁目の手の無い氷屋のおじちゃんになついとった子やない？」

おばさんは私の目を懐かしむように眺めた。

「うん」と頷くと、

「やっぱりそうかぁー。ごめんねぇ、うちの夫が嫌なこと言ってしまって…でも、二階に上がって来て、『ちょっと、お前！　太郎の処になついとった子が下に来て、ドーナツ型の氷を欲しがっとる。あんまり大きくなって分からんやったけど、あの目は間違いない！　俺は売らんって言ってしもうたけん、お前、急いで下りて行って氷を持たせてやってくれ』って、根は悪い人じゃないのよ」と微笑んで店の中に通してくれた。

氷を持って大急ぎで家に戻ると、また鼠小僧の様に忍び足で婆ちゃんの部屋の入り口に氷を置いた。すぐに、また忍び足で家を出た。近所の日曜日も開けているボッタクリの果物屋でオレンジを二個、値切って買った。今はもう誰も住んでいない、左手の無い氷屋のおじちゃんの家と、さっき氷を分けてくれた氷屋さんの玄関先に一つずつ置いていった。

雨が止んで、オレンジ色の光が私を包み込んだ。空を見上げると、沈みかけた夕日に黒い薔薇の刺青みたいな雲がかかっている。夕日は、私が家に帰り着くまで沈まないよう踏ん張っているようだった。私は、心の中で、「アリガトウ」と叫んだ。

次の日、学校から戻るとミキちゃんはもう居なかった。私が部屋に戻ると、手作りの水色のムームーと手紙が置いてあった。

ミエちゃんへ

いそいででていってしもうて、ごめん
ミキちゃんは、あんたがさみしいかお
するとばみたら、でていきとうなくな
るけん。ずっといっしょにおりたいば
ってんが、はようでていくことにした
ミキちゃんは、ながいあいだ
ケイムショにおったおんな

やけん、どっちみち、はなれんとあんたたちにめいわくかけるけんこれでよかったと。

つくえのひきだしに、３にんのつうちよう、おいとくけん。ミエちゃんが、せきにんもって、およめにいくときにわたすとよ。ミエちゃんは、このうちのカンジョウブギョウやけん。

それから、だいじなこと３つかく。

１、けっこんあいてには、いえが「じょろうや」しよったとかいうたらつまらん。もし、ミキちゃんとミヨちゃんのしゃしんをみられたらすみこみのおてつだいさんて、いうこと。

２、カオルねえさんが、でていってもミエちゃんは、ぜったいついていかんで、ばあちゃんとこのいえにのこること。
ばあちゃんは、まーだながいきするけんだいじょうぶ。
3、ミキちゃんをさがさんこと。しんぱいせんでも、あんたたちのことは、ぜったいわすれん。

ミキちゃんより

私が引き出しを開くと、三人分の通帳があった。中には、三人の名前で三十万ずつ入っていた。私は涙を押し殺してミキちゃんとミヨちゃんと一緒に写った写真を手に取った。

「ミキちゃーん！　こんな真っ青なアイシャドウに真っ赤な口紅した金髪のお手伝いさんなんて、日本中探してもおらんよー！」と窓を開けて叫ぶと、清らかな川から吹く風が彼女の安物のおしろいの匂いを運んで来た。

第八章　ぺぺやんと寅やん

〝鰻釣り〟の春さん

私が十一歳の頃、閑古鳥が鳴き続けていた私の家「カフエーふじ」は店を閉じた。家族同然に一緒に暮らしてきた、ホステスのミキちゃんとミヨちゃんも居なくなり、閑古鳥の声さえも聞こえなくなった。家に帰ると、かつての私はご飯は後回しで、ミキちゃんとミヨちゃんに学校で起きた事件や帰りがけにやった悪戯を話すことが日課だったから、寂しい夕食の時間となった。

或る日、心が蓮根の様に穴だらけの私に、一つの楽しみが出来た。それは夕飯の後、薄暗くなった吉春公園で〝鰻釣り〟のテキ屋をやっている「春さん」というおばちゃんと、おばちゃんの一人娘と称する「ぺぺやん」と言うプードルと遊ぶことだった。おばちゃんもぺぺやんもクルクルの天然パーマでスキッ歯だった。

私は、鰻釣りには興味が無かった。それに、一回五百円という高い金額も出せなかった。

「おばちゃん、私、鰻釣りせんけど犬と遊ばせてー」と言うと、

「いいよー、でも犬じゃないよ。『ぺぺやん』って呼んでよ」と干からびた唐辛子の様な顔をした。

何度か通う間に、おばちゃんは遠目は効くらしく、私がオットセイの看板の漢方薬店の前まで来ると、いつも手を振ってくれるようになった。おばちゃんは、私が来ると必ず嬉しそうに、

「ちょっと、店番頼むけん。おばちゃんトイレに行って来るけん」と言った。私は鰻釣りはしてあげられないが、

こんなことでもおばちゃんが「助かった！　助かった！」と言ってくれるのが嬉しかった。ある時、サングラスをした一人の男が通りがかった。男は、おばちゃんに「よっ」と声を掛けて、すぐに水槽の角に座り込んだ。

「春さん、やっぱし俺がおらんと駄目やねー、川っぷちもパっとしよらんが、ここはもう終わっとるばい」と男が白い歯を見せた。

「ちょうどいい時に来たね！　寅やん、この子うちになついとる『美枝子ちゃん』、あんた、鰻釣りして見せちゃり」と男の出っ腹を叩いた。

「うわぁー、おじさん、鰻釣り出来るとー？」と私が上から下までジィーっと見ると、

「『おじさん』言うたらいかんよ！　『虎やん』って呼ばな！　これでも、まだ三十の独身やけんね」とおばちゃんが唾を飛ばしながら言う。私は思わず

「三十にしちゃあ、えらい老けとるねー」と言ってしまった。おじさんはガクッと怯みながらも、鰻釣りの竿を手に取り、「ほら、ちゃんと見とけよ、不良少女」とにやけながら、水槽の端を竿で叩いた。あんまり長く叩いてばっかりなので、私が首を捻っていると、

「鰻釣りは、鰻選びから始まる。あんまり、元気な鰻だとすぐに糸を切られるからなー。でも、こいつの様に死にかけたのも駄目！　糸を掛けても水槽を上ってこれんけんなー」と言いながら、ほんの少しエラの赤くなっている鰻のヒレに糸を引っ掛けた。鰻はすぐにクルクルと糸を巻き付かせた。おじさんは、すぐに竿を手放した。私が残念そうな顔をすると、

「今のは、わざと外したんや。そうせんとすぐ糸切られるけん、鰻釣りの極意はとにかく焦らんことや！」と偉そうに言いながら、すぐに又鰻のエラに糸を掛けた。すると、鰻は水槽の際を真っ直ぐに泳いだ。おじさんは、

「ここからが、俺の腕の見せ所！　糸を切られんようにじいっと鰻について行く！　絶対に無理せんで、鰻が顔を上

げるまで何週もする」と言う。おじさんは、出っ腹を物ともせず狭い水槽の周りを何周もした。暫くすると、鰻が水面に顔を出した。するとおじさんは、水槽の角っこに左手で水をかけ始めた。私がまた首を捻ると、

「鰻がびっくりせんごと、濡らしとかんといかん。そうして、最後まで鰻のエラに優しく水をかけてやらんと、腹かいてソッポ向いて逃げてってしまうけん。女子と一緒たい」と言いながら、本当に鰻の長い体がにょろりと水槽から地面に落ちた。砂にまみれて動いている鰻を見ると蛇みたいで、気持ち悪かった。おばちゃんが、

「寅やん、これ食べるとね？」と言いながらまな板の上に鰻を載せ、キリで鰻の目を突いた事が、私にはショックだった。私は、

「今日は、宿題がいっぱいあるけん、帰るけん」と言ってそそくさと帰った。家に戻ると婆ちゃんが、

「あんた、蒼ざめた顔しとるばってんが、また何か悪い事しでかしよらんね？」と菅井きんの様な顔を襖から覗かせた。「いいやぁ、何もしとらん」と返すと、蛇のように、クッと睨んだ。夜、布団に入るとすぐにヤマタノオロチの様な大きな鰻と闘う夢を何度も見た。朝、目が覚めると、鰻釣りをやってみようと思った。

夕飯を急いで食べ終わると、貯金箱の中から百円玉を取り出して、吉春公園に走った。

「あら、今日は早いね」春さんがウサギの様な歯を出して笑った。

「うん、今日は鰻を釣ってみるっちゃん」とぺぺやんの頭を撫でた。

「そんなら、寅やんが来るまで待っときんしゃい、おばちゃん鰻釣りきらんけん… あっ来た来た！」と春さんは公園の入り口の大きな銀杏の木を指差した。

「ほらぁ、寅やん、この子が鰻釣り教えてってよ！」

「変わった子やなー、よし気に入った。一週間で釣れるように鍛えちゃる」と言いながら、寅やんはススキの様な目をして笑った。

「じゃあ、春さん、竿一本ちょうだい！」と私が言うと、

「まだまだ、竿は持たんでよか。今日は鰻選びだけ」と少し偉そうな顔をした。

一日目、鰻の選び方
二日目、中腰で水槽の周りを早く歩く
三日目、親指を立てたままで竿を動かす
四日目、鰻のエラに糸を掛ける
五日目、インチキの太い糸で釣る
六日目、本当の細い糸で釣るが全然釣れなかった。
十日目、ようやく小さな鰻を釣り上げた。

それから「鰻釣り」が私にとって、大切な特技になった。

夏休みになり、吉春公園に子供達が集まってきて、

「鰻釣りって、インチキやもんね！　絶対釣れんもんね！」と誰かが言うと、

「お姉ちゃん、出番よー、鰻釣るの見せちゃってん」と春さんが呼んだ。私は公園の滑り台をスルンと降りて、皆の前で鰻を釣って見せた。すると、私よりも大きな小中学生の男子はむきになって、鰻釣りをしだした。あがりの多い時には春さんから小遣いを貰うようになった。人が多い時には失敗しない様にインチキの太い糸を使っていたが、細い糸でもちゃんと釣れるようになっていた。中には私に『弟子入りしたい』と言う小学生まで出てきた。

春さんは本当に子供好きの様で、そんな子供達には、たまにタダで練習させていた。

春さんのサンドイッチ

私が一度「春さんの料理が食べたい」と皆の前で言うと、

「ようし！　春さんのサンドイッチを食べさせてやるけん！　みんな、明日家に来んしゃい」と腹をドーンと叩いた。次の日、そこにいた何人かと約束して春さんのアパートをさがしていると、銀色の出前箱を持った男が声をかけて来た。

「おーい！　今日は春さん休みやけん、みんなで遊びに行きようと？　春さんも大変やねー」と苦笑いをした。良く見ると、寅やんだった。

「なーん、私達お呼ばれしとうっちゃん。春さんがサンドイッチ作ってくれるっちゃけん」と澄まして言うと、

「あっ、春さんに『後から来るけん、俺んとも作っとってー』って言うとって！」と安っぽいラードの匂いをさせて行った。

春さんの家は、吉春公園の裏の細くて狭い路地を川沿いに抜けた〝あけぼの荘〟という錆びた鉄看板が目立つアパートの一階だった。ただでさえ狭い部屋に、総勢六人が押し掛けた。

「春さーん！　お邪魔しまーす」とわざと丁寧な挨拶をした。

「うわぁー！　こげん来たったい！　こりゃ、サンドイッチ足りんばい！」と大慌てしていた。私は玄関先で靴を脱ぎながら、

「あっそう言えば、さっき道端で寅やんに会ったら、『春さんに俺のも作っとってー』って言いよった」と私がテケテケ笑いで伝えると、

「あちゃぁー美枝ちゃん、前の入江商店で卵と食パン買ってきてー」と千円を渡された。

走って入江商店の前に行くと、ガチャポンを何回も回して、

「また外れかよー」と言いながら、中も開けずにポンポンと捨てている男がいた。私はこの男が去った後で、外れガチャポンを皆のお土産にしようと、中から男の様子を窺った。男は色白でひょろっとした高校生位の奴だった。上から下まで地味な色の馬マークの服を着ていたが、靴だけは黄緑の蛍光色の派手なスポーツシューズを履いていた。私は、妙な違和感を感じたが時間が無いので、思い切って声を掛けた。

「あのう、これ貰ってもいいですか?」と小声で訊くと、

「ああ、いいぜー」と甲高い声で面倒臭そうに呟いた。

「アリガトウゴザイマス」と緊張しながらガチャポンを拾い集めて袋に入れると、男は「ふっ」と見下した笑みを浮かべた。

私は目を合わせるのが怖かったから、胸元の馬マークをじっと見た。良く見るとその馬の上に男が乗っていて長いトンカチの様な武器を振りかざしていた。それ以来、金持ちの子供が馬マークの服を着ていると何だか嫌な気持ちになった。

春さん家に戻ると、みんな役割分担が出来ていて、一人はケチャップを持ち、一人はマヨネーズ、一人はバター、一人は包丁を嬉しそうに持っていた。春さんは、ガヤガヤ言いながら忙しく卵を焼いていたので、私は買って来た卵をボウルに割って混ぜる役をすることにした。皆で作ったから、お店のより見栄えは悪かったが、薄焼き卵のサンドイッチを初めて食べたからか、春さんの卵の焼き方が上手いからなのかは分からなかったが、とにかく本当に美味しかった。

〝あけぼの荘〟事件

少しずつ春さんのお客さんも増え、鰻釣りを囲んで見るメンバーがぎっしりになって来た。そんな五月のゴールデンウィークの最終日、とんでもない事件が起こった。

空が急に暗くなって雨が降ったり止んだり、はっきりしない日だった。私と、隣のクラスの喧嘩ライバルの明子は、春さんのアパートの鍵を持たされるようになっていた。私達は春さんが考案した〝みどり亀すくい〟の赤ちゃん亀の世話をした。生まれたばかりの亀は、甲羅まで軟らかく、薄い黄緑をしていた。真ん丸い甲羅は直径三センチも無かったが、顔付きはしっかり亀の顔をしていた。春さんは、

「安い最低ランクの子亀だから、病気のも居れば足の無いのも居るから、そういう亀は捨てといてー」と軽く言った。枯葉色になって死んで浮いている亀は公園に埋めたが、首が右に曲がったままの亀や片方の手が動かない亀は捨てきれず、家で飼うことにした。

私の当番は八時迄で、それからは母親が屋台をしていて一人だった明子に交代した。いつも通り明子に鍵を無愛想に渡すと、生温かい風が黒に近い灰色の空に吹上げていた。私は、灰色の空気の重さを背負ったまま家に戻った。

家に戻ってから、宿題を終わらせると十一時を回っていた。慌ててお風呂に入ろうと一階に降りて行くと、番犬クロの様子が変だ。ずっと玄関先を睨み付け、「ウゥー、ウゥー」と小さく唸っている。気になって玄関のドアをゆっくり開けると、明子が今にも泣きだしそうな顔をして立っていた。私がびっくりして声をあげようとすると、明子は私の口を塞いで外に引っ張りだした。

「なん？ こんな遅くに、何かあったと？」

「あったどころの騒ぎやない！　あれから私、亀の水替えよったら、風呂釜の隙間に鍵落としてしまったったい。入江商店のお姉さんに来てもらって、うちは自分の家に細い棒を探しに戻ったとよ。でも、なかなか見つからんでハンガー三本ペンチでくっ付けたのを作って春さんちに戻ったら、部屋の入り口に警察が二人もおって、中に入ろうとすると押し出されて、外で話を聞きよったら、どうもお姉さんが私を待ってる間に男に襲われたらしい。その男は、あのガチャガチャ狂の野口産婦人科の息子らしい。私のせいでお姉さんに何かあったら、どうしょうかいな」と珍しく瞼を震わせた。

「お姉さんは無事やったと？　声はしっかり聞こえんやったと？」と私も瞼をバチバチ震わせた。

「うん、立って大きな声で説明しよったけん無事だと思うけど…」と言いながらようやく落ち着いて私の目をじっと見た。

「じゃあ、大丈夫よ！　明日、学校終わったら猛ダッシュで春さん所に行こう！」と言うと、明子は頭だけ大きく頷いて灰色の町の中へ走り去って行った。

次の日の放課後、私達は一目散に春さんの家に駆けつけた。春さんの狭いアパートには、入江商店のお姉さんと寅やん、隣近所の年寄りが三人も窮屈そうに座り込んでいた。私達が息を切らしながら突っ立っていると、目を赤く腫らした春さんが、

「あんた達やなくって良かった。お姉ちゃんやったけん大事にならんやったけど、それでも、お姉ちゃんには申し訳ない」と涙ぐんだ。私達がお姉さんの方を見ると、にっこりとしながら、

「大丈夫。これでもお姉さんは合気道習ってたんだから、あんなナヨナヨした男の一人や二人」と言いかけると、いつも無口で大人しい右隣の爺さんが、両手を小刻みに震わせながら、

「いやー、お姉ちゃんの叫び声が聞こえた時には、本当にびっくりして腰抜かすところやった」と熟れすぎた柿の

様に頬を染めた。

「本当に、ここに住んどる人達は良か人ばっかりで、助かった！　でも、もう注意しとかんと子供だけで留守番は暫く中止ね！」と春さんはぺぺやんの頭を撫でた。明子と私は、少し残念そうな顔を浮かべたが、お姉さんの少し赤く腫れた腕を見ると、納得がいき、大人しく家に帰った。

一週間後、飼育委員で遅くなった私は、公園の隅で鰻釣りの準備をしている春さんに近寄ると、とても疲れている様子だった。

「あれ、春さん、今日元気無いねー。何かあったと？」

と尋ねると、

「ああ、春さん、アパート追い出されるかもしれんとたい！　だけん、明子ちゃんにも、『変な人が居るかもしれんけん、春さんとこのアパートに近寄ったらいけん！』って言うとってー！」と言う。私は、春さんの言っている事が全く分からず、「はぁ？　何で？　どうして？」と大声を出した。

「しっ！　今度の日曜日のお昼に公園においで！　そん時に話すけん！」と慌てていた春さんの目に、灰色の雲が掛かったのを感じた。

「うん、分かった！　日曜日のお昼に明子と一緒にここで待っとくけん！」と、足早に通り過ぎた。日曜日が来るまで、気持ちが落ち着かなかった。土曜日になって、明日になれば春さんから真相が聴けると思うと、少しだけ気が楽になった。私は、元気が無くなってしまっている春さんに、ホットドッグを差し入れに持って行こうと、買い出しのメモをポケットに入れた。

「ホットドッグって何を入れたら、美味しくなるか分かる？」と誰彼構わず聞き回った。そんな、皆のお腹がグーグーと鳴り出す帰りの会の時間に校内放送が流れた。

「本日、緊急の全校集会を致します。〝帰りの会〟終了後、体育館に集合して下さい」

「ハァー！　嘘やー！　めんどうくせぇー」と皆は叫んだ。嫌そうな顔をする子供達とは逆に、私の大嫌いな音楽教師の中田と学年主任の米本は生き生きと仕切っていた。二人とも壇上に立ち、中田が甲高い声で、

「最近、この吉春校区で非常に恐ろしい事件がありました」

私は直ぐにピンと来て、明子に合図すると明子も直ぐに頷いた。中田は声の高さを増し、続けた。

「吉春公園の裏に住んでいる〝鰻釣り〟をやっているおばさんの家に、吉春小学校の子供達が夜遅くまで、押しかけては騒いでいたらしい。今回、それを注意しようとした高校生が、不審者と間違われて大怪我をさせられたそうです。私も、うちの問題児がなついていたので、いつかこんな事が起こるんじゃないかと思っていましたが、ついにこんな事件になってしまって」と、いきなり鼻をすすりながら泣き出した。すかさず、米本がマイクを握った。

「私も中田先生も、吉春公園で〝鰻釣り〟なんかやったら、夜フラフラしている子供達のたまり場になるんじゃないかと、いつも気になっていたんだが、案の定、またあの二人が関わって、警察沙汰を引き起こした。この事件に関わった者、前に出なさい！」と言った。私は話の展開に驚いて固まっていた。直ぐに米本が下りて来て、私の首の後ろを掴んで前に押しやった。明子も、中田に手を引っ張られ前に出された。中田は、福良雀のような頬を撫でながら、

「お前達がやったことで、大変な迷惑を被った方がいる。私と米本先生が付き合ってあげるから、二人とも謝るんだ。分かったかー！」と怒鳴った。私も明子も目が点になり、

「はぁー？　一体、何が何だか訳わからんたい！」と言うと、米本が舌を巻きながら、

「お前達二人が鰻釣りのおばさんの家で騒いだのが原因で、野口産婦人科のご子息が警察に事情聴取を受けることになったんだ。お前達には関わりたくないが、どうせお前達の親に言っても訳が分からんようになるだけだ。今

から一緒に付いて行ってやるから、土下座でもして許してもらえ」と吐き捨てる様に言った。私達が顔を合わせて、「ハァー！　何かの間違いやー」と叫んだところで、中田がいきなりマイクを取って壇上に立ち、

「またしても、林と岩崎のお蔭で吉春小の名前に泥を塗る結果になりました。この責任は、私と米本先生が取ります。ですから、皆も鰻釣りのおばさんに近づいたり、話しかけたりしてはいけません。商売の邪魔になって困っていらっしゃるそうです。あらっ、もう一時になりましたので、皆さん、急いで帰宅するように」と慌てて、子供達を下校させた。残された私と明子はわざと大声で、

「絶対に、そんなの嘘やん！　みんな騙されとうっちゃん！」と叫んだが、

「うるさい！　いい加減なことばかり言うんじゃない」と皆に聞こえる様に、マイクを持った中田が叫んだ。私達も声を張り上げ、「絶対に謝りになんか行くもんか！　うち達何も悪い事しとらん！」と言い張った。新型のカツラを被った米本が、後ろで手を組んで立ちはだかると、

「残念だなぁー、お前達二人が意地を張って謝りに行かないと、鰻釣りのおばさんはあのアパートを追い出されることになるだろうなぁ」と、わざとらしく舌打ちした。私は良く理解出来なかったが、

「春さんが大変な目に合うくらいなら、私達が謝った方がいいやろう?」と囁くと、明子も
「うん」と返した。私はきつい眼つきで、

「先生！　私達別に謝らないといけないような事はしてないけど、春さんの為に謝りに行きます」と言うと、中田と米本はガマガエルのようにぬるぬると眼球を光らせた。

　私と明子は、上機嫌の中田と米本の背中を恨めしく見つめながら、

「あいつらの言うこと聞くのは嫌だけど、春さんの為だから、しゃあないね！」と何度も自分に言いきかせながら歩いた。あっという間に吉春交番の前まで来ると心臓がバクバクしたが、大嫌いな米本と中田に弱いと思われたく

なかったから、明子の手を強く握ってドアを強く押した。

「こんにちは」私は、背筋をピンと伸ばした。壁には、指名手配のポスターが無造作に貼られていて、その犯人達の人相の悪さに寒気を感じた。すぐに、中から小柄で細身の出っ歯のお巡りさんが、

「はーい、君たちはこっちー」と間抜けな顔で、黒い帳簿を上下に仰いだ。私と明子は緊張してロボットの様にお巡りさんの前に立った。お巡りさんの方は、私達のことを知っているらしく、何故か含み笑いを浮かべて、

「ハイハイ、今回は深夜徘徊ではなく、知らない人の家で夜遅くに騒いでしまったわけね！ちょっと、羽目を外しちゃったね！」と軽く流したので、私と明子もつられて、「うん」と顎を引き寄せた。

「ハイ、じゃあ、今からおじさんが事件当日の事を読み上げるから、間違ってたら手を挙げて教えてね！」

それから、ながーいお巡りさんの独り芝居が始まり、面倒臭くなった私達は、

「はい、そうです。お巡りさんの言った通りです」と言うと、外で待っていた米本が、

「じゃあ、すみませんが、今回は二人とも親が商売をやっていまして、私達が保護者の代わりにサインを致します」とカツラを気にしながらお巡りを見た。

「あー、やっぱりそうかー。二人ともホントはいい子なんだよねー」と眼を輝かせて、お巡りさんのながーい話が始まろうとすると、米本は慌てて、

「急いで二人を公民館に連れていかないといけませんので、この辺で失礼致します」と言いながら、私達の背中を叩いた。

古くて小さな公民館の入り口には、珍しく人だかりが出来ていた。よーく見ると、金や銀の眼鏡をかけた中年のおばさんばっかりだった。私達の姿を見つけて直ぐにロッテン・マイヤー風のおばさんが駆け寄った。

「せんせー、有難うございます。中でＰＴＡの方々がお待ちです。ささ、こちらへどうぞ」と、段取りよく案内し

た。狭くてかび臭い広間には沢山のＰＴＡが束になって、私達を待ち構えていた。

前の方には、春さんの姿があった。私が何度も目を合わせようとしたが、春さんはずっと下を向いたままだった。その隣には、フリルの沢山ついたブラウスにタータンチェックのスカートを着た中年のおばさんが涙目でハンカチを握りしめて座っていた。中田と米本は、私達を前に押し出して、直ぐにマイクを持った。

「こんにちは、五年一組の担任の中田です。今日はお忙しい中、皆様にお集まり頂きましたのは、大きな理由がありまして、ご存じの方はいらっしゃると思いますが、先月、うちの二名の子供達が鰻釣りを営んでいる『内田春子』さん宅に上がり込み、夜遅くまで騒いで、それを注意しようとした大家さんのご子息が痴漢と間違われて、事情聴取を受けるという大変な事件となったことで、皆さんにきちんとご説明をしようと思いまして、大家さんである野口様にも出席頂きました。野口様、どうぞ」とフリル女にマイクを渡した。

「ご紹介受けました大家の野口でございます。以前から、ご近所から何度か通報があり、うちのアパートの一室が子供達のたまり場になっていると聞き、その日、たまたま息子に急いで見に行くように頼んだんです。息子の戻りが遅いので心配していた所に、警察から連絡があり…」とフリル女は泣き出した。背後から米本がナメクジの様にひっついてマイクを取ると、

「学年主任の米本です。今回は、うちの子供達が原因で野口様には、大変なご迷惑をおかけしまして、本当に申し訳ありませんでした。野口様の計らいで、事件を起こした二人には皆様の前で謝罪する形で、お許しを頂くこととなり、本当に有難うございます。ほらっ、お前達しっかりと前を向いて皆さんに聞こえる声で謝りなさい」と、マイクのスイッチを切った。私は、訳が分からず春さんの方を見ると、相槌を打って促した。私は、明子の手を引っ張って、

「はよー、はよう謝っとこう」私達二人は自分たちの黒ずんだ靴下の先を見つめながら、

「どうも、すみませんでした」と心無しに叫んだ。揉め事大好きのＰＴＡ達はざわざわしていたが、

「じゃあ、今日のところは、これで失礼致します」と米本が私達の背中を押し出した。ＰＴＡ達は不満そうな顔をしながら、入り口付近に屯って話し込んでいた。私と明子が春さんを探そうと振り向くと、ＰＴＡの一人が、

「今日は、黙ってさっさと帰るんだ。お前達が近寄ると、おばさんに迷惑かかるのが分からんのか！」とおっさんの様な声で怒鳴った。

仕方なく私は、明子の手を引いて清川方向に歩き出した。

「来週の日曜日に、春さん家の前で待っとくね」と、いつもの信号で別れた。家に帰ってから風呂の湯に浸かりながら、春さんの喜びそうな物を考えた。春さんが私の持って来た差し入れの中で、一番褒めてくれたのは〝婆ちゃんの漬けたラッキョウ〟だったことを思い出した。私は、婆ちゃんがトイレに入っている隙に、ラッキョウの瓶を盗み出し、新聞紙に包んで机の下に隠した。

清川の小さな女戦士

日曜日の昼、婆ちゃんと慌ただしく玉子かけご飯を食べた。その後、婆ちゃんの質問攻撃をまんまと交わし、ラッキョウの瓶を抱いて家を出た。ラッキョウの瓶が重たくて途中で休み休みしながら春さん家に着くと、明子と寅やんが何やら困った顔をして玄関先に座り込んでいた。

「春さんは？」と私が尋ねると、

「今は会わんがええ、春さん大変な事になっとる。こないだ『公民館で謝って貰ったら、出て行かんでええ』って

言うとった大家が、『犬以外の動物を飼うのは、契約違反だから、罰金払って出て行け』って怒鳴り込んできたんや」そう言って、寅やんが珍しく腹の上で腕を組んだ。

「また、米本と中田に一杯食わされたね」と明子が顔を歪ませた。私は、ラッキョウの瓶を寅やんにポンと預けて、明子の手を引いた。寅やんはキョトンとして、

「何するん？」と肘を掻いた。

「仕返ししに行くに決まっとうやん」と流し目で恰好つけると、寅やんは、

「どうやって？」とまた肘を掻いた。

「大家の家に、ロケット花火打ち込んでやるけん！」と私が凄むと、間髪入れずに、

「それだけは絶対にやめておけよ。春さんにも俺にも迷惑かけっからなー」と珍しく大人びたことを言う。私は、聞こえないふりをして明子の耳元で、

「ねぇ、お小遣い幾らもっとる？」と囁くと明子は、

「なん？　何に使うと？」と返した。

「決まっとうやん！　沢山の花火買うて、大家ん所にぶっ飛ばしちゃる」と腕組みすると、明子は大きく頷いた。

夏休み明けで、三軒も駄菓子屋をはしごして、何とかバケツ一杯分の花火をかき集めた。それを公園に持って行って細工を施した。私はロケット花火の周りにねずみ花火を三個くっつけて〝ねずみロケット〟と命名したのを十個作った。明子は、打ち上げ花火に回転花火を合体させ〝ぐるぐるナイアガラ〟と命名して三個作った。私達は、上機嫌で、

「八時に公園の裏道のグミの木の前ね！」と別れた。

私は、婆ちゃんが〝暴れん坊将軍〟に見入るのを待って、花火を持って公園まで走った。明子は先に来ていて、

「もう、おそーい」と急かした。私達は、春さんのアパートの階段から大家んちの塀に飛び移った。風も私達に味方して、マッチ一本でロケット花火に火をつけることが出来た。私と明子は、交互に、〃ねずみロケット〃と〃ぐるぐるナイアガラ〃を投げ込んだ。打ち上げ花火の光に照らされるたびに、

「カ・イ・カ・ン」と薬師丸ひろ子のものまねをした。

あっという間に花火は全部燃えつきた。満足気な表情を浮かべた瞬間、

「こらー！お前らなにしとるかー！」と銭湯帰りのおじさんに押さえ付けられた。三人で押し問答しているところに、キャップを深めに被った男が割って入った。男はすぐさま私達を男から引き放し、

「さあ、行くんだ」と恰好いい台詞を吐いた。出っ腹で寅やんだと直ぐに気付いたが、敢えて何も言わなかった。

私は、明子の手を思い切り引っ張って、那珂川の橋の下まで駆けた。水面に映る〃月桂冠〃の看板と小便の匂いが涙をそそった。私は明子に泣いているのを気付かせまいと、そっぽを向いて、

「何があっても、どんなことが起きても、今日の事は吐いたらいかんよ！」と大声で叫ぶと、

「あたりきよ！わかっとる！」と階段を駆け上って行った。

次の日から、私と明子は、米本の長い事情聴取を受けることとなったが、二人とも吐かなかったのと、米本の出張で、五日間で解放された。

日曜日に春さん宅を訪ねると、玄関のドアに貼り紙があった。

「みんなへ　落ち着いたら、また公園に来ます。それまで元気でね。春さんより」と油性マーカーで落書きの様に書かれていた。直ぐに小便臭い川から風が吹いて来て、貼り紙を飛ばしたが、私は追わなかった。空に舞い上がって飛ばされていく紙を上目使いで見送った。

〃女狐の鳥居〃

春さんが引っ越してからも、毎日、吉春公園に行った。そんな淋しい気持ちに飽き飽きした私は、思い切って清川公園で遊ぶことにした。一番上の姉曰く、

「吉春公園も清川公園もどちらもガラは悪いが、清川公園は人通りが少ないから、一人だけでトイレは絶対に入ったらいかんよ」と何度も聞かされていたので、あまり長居はしなかったがそれなりに楽しめた。

　私と明子は、近くの「兵隊屋」という風変りな駄菓子屋でサイダーとビニール入りの長いガムを飛行機型遊具のてっぺんで乾杯しながら食べていた。セメントで出来たベンチに髪の長い女の人がこちらの様子を伺っていた。よく見ると、私達に手招きしているようだ。恐る恐る近寄ると、

「なーん！　春さんやん！」と明子が大声をあげた。

「ばれたか！　不良少女」と言って抱きついて来た。私達は諦めかけていた春さんとの再会にポップコーンの様に弾けて飛び上がった。

「なーん！　馬鹿じゃないねーあんた達」と呆れ顔をしてみせたが、年老いたブルドックの様な潤んだ瞳が、私達のことを好いていてくれることを教えてくれた。

「でも、春さんいきなりいっちょん似合わん〃ロングヘアー〃になって、びっくりするやん！」と私が照れ隠しに言うと、

「じゃじゃーん。カツラたい」とあっさりと右手で安っぽいとろろこんぶの様なカツラを持ち上げた。私と明子は、

「ちょっと、貸してー！」と言いあいながらカツラを取りあった。

「あんた達、そんなもんで取り合いやらしんしゃんな！　おばちゃんとこに来たら腐るほどあるけん。早うついて来んしゃい」とカツラを薄紫の継ぎ接ぎの丹前の中に隠し、片方の手で手招きしながらゴム草履を引きずった。私達は、スキップで春さんの後を追った。

清川公園から簑島橋にぬける細い路地があった。そこは、清川二丁目に住む人々が最も恐れた清川三丁目の〝女狐の鳥居〟だった。私は小さい頃からこの鳥居の恐ろしい噂を沢山聴かされた。

ミキちゃん曰く、「あそこの鳥居の女主人が油揚げを抱えて話しかけてこられたら、その人は必ず一週間後に死ぬ」。

一番上の姉曰く、「鳥居から出て来た外国人に赤い靴を貰った女の子がインドに連れ去られた」。

二番目の姉曰く、「野球好きの『タカアキ』と言う少年がボールを拾おうと鳥居の中に忍び込んだら、そのまま何人もの小人にはがいじめにされ、鳥居に括り付けられた挙句、大きなブルーの目をした銀狐に食われそうになった」。

どれも耳を疑いたくなるような噂だった。足取りの軽い明子と春さんの後をビクビクしながら追った。春さんが〝女狐の鳥居〟の奥へ入って行こうとした時、近くのおおきな天狗の葉が揺れた。

「ごめーん！　私、お腹減ったけん。ドンパルでパン買って来るけん。先に行っとって！」と叫び声をあげながら引き返した。急いで公園のブロックを避けて早歩きでドンパルの前に来ると、いつも通りの無愛想なおじさんが面倒臭そうに出て来た。

「いらっしゃい。なにがいい？」

「うーん。私、本当言うとお腹すいてないっちゃんね。三〇円のアーモンドクッキー下さい」と突っかかるように言うと、「はあ、いくつ？」とぼそっと返された。

「ねぇ、あそこの鳥居んところの人達って怖いと？」

と、子供っぽく尋ねた。

「ぷっぷっ、あんたにも怖いもんあるったい。言っとくがめちゃめちゃ怖い」と、にやけ顔のおじさんを見ると、

「じゃあ、三個ください」とクッキーを買って、鳥居まで駆けた。あと十歩というところで鳥居から白っぽい着物を着た女が出て来た。女は白髪混じりの長い髪を腰当たりまで垂らして、白い包みを両手に持ってこっちに歩いて来た。私は、「こっちを見るな！　絶対に話しかけんでくれよー！」と祈りながら十字を切った。ようやく、鳥居まで来ると入り口に汚い看板が何本も植え込みに派手に置かれていた。


〝訳アリオーケー〟

〝住み込みオーケー〟

〝日払いオーケー〟

〝ハンディオーケー〟


と、何でもオーケーそうな雰囲気だった。鳥居の奥の細道には、錆びたゲージが所狭しと重なり合っていた。中には尾っぽのえらく長い鶏や、真っ赤なオウム、太り過ぎのデカい兎、マングースと言う名のイタチ、真っ赤にペイントされたアオダイショウ、ワニ亀、耳だけ黄色のマルチーズ、一番奥の土間には、タローとジローと名付けられたシベリアンハスキー二匹が向かい合い、小屋から上半身を出して陣取っていた。私が、この不思議な空間で一呼吸していると、鳥居の奥の掘っ立て小屋の引き戸がガラガラ開いて、春さんが出てきた。

「ほらほら、早う中に入らんね。何でん触ろうとしたら、指やらすぐ無くなるよ」と急かせた。玄関で靴を無造作

に脱いで上がると、真正面の扉の上に矢印で左側男、右側女と分けてあった。

私は、春さんについて大広間に通された。

大広間とは名ばかりで、幼稚園の教室くらいの広さで、前方には狭いステージがあった。折りたたみテーブルの前で色白のぽっちゃりしたおばさんに話しかけられている明子の隣にちょこんと座った。

「あら、このお姉ちゃんはえらい大きいね。中学生？」と私をゆっくりと見上げた。

「うんや、五年生」と、膨れっ顔をすると、

「あちゃー、今時の子は小学生でも老けて見られたら腹かくったい」と長い鼻の下を伸ばした。

「この子達は、あたいのファンなんだからあっち行っといてー」と春さんが遠慮なく言うと、

「はい、はい」とおばさんの方も遠慮なく返した。直ぐに、やけに太い両手をテーブルの上にドンッと乗せると軽々と体を起こした。足は両方ともとても小さくて引き摺りながら立ち去った。私と明子がその様子をポカンと見ていると、

「ここで、五体満足なんはおばちゃんだけ。後は、みんなどっかこっか悪いんだけどね。それで飯食ってんだから」と腕組みしながら春さんが呟くと、ひょろっとして色黒のおじさんがニヤニヤと、春さんの頭を指差しながら〝クル・クル・パー〟と舌を出した。おばちゃんは笑いながら、

「そうやった。おばちゃん、脳みそが空っぽやった」と私達の頭を叩いた。

それから、私達の鳥居通いが始まった。学校のチャイムが待ち遠しくて、給食時間からずっと鳥居の奥の動物達に持って行く餌のことを考えたりした。明子も私同様、楽しみにしていた。

「今日は、何時頃に行く？」と、毎日訊いて来た。

「帰りの会が終わったら、めちゃめちゃ猛ダッシュで行く！」と毎日同じ返事をした。

〝鳥居〟の奥に生きる人々

日に日に、鳥居の奥に棲む人達のことが分かってきた。この一座の座長である「青柳さん」というおじさんは、別名「やぎ座の男」と呼ばれていた。見世物業界では、とても有名人であることが分かった。私は、色白で細くて小柄な両肩がやけに下に付いている小父さんが一ステージで一〇〇万稼ぎ出すと聞いて、びっくりした。私と明子は、青柳さんが通りかかる度に、「あっ、やぎ座の男だ！」と言って拝んだ。私が一番最初に怖がっていた〝鳥居の女主人〟と噂されていた女の人は、皆の食事を作ったり、買い出しに行ったりして皆の身の回りの世話をしていた。皆からは〝おかあさん〟と呼ばれて慕われている。青柳さんの話では、着物の下は毛むくじゃらで、かつては〝けもの女〟として見世物業界のスターだったらしい。

夏休みになると、「動物たちのお世話」と称して、私たちは朝早くから入り浸っていた。小屋のメンバーは働き者が多く、不自由な身体を上手に使って、掃除・洗濯・身支度をぱっぱっと終わらせた。皆一斉に大広間に集まって芸の稽古を始めた。

座長の青柳さんは、折り畳み椅子に腰を下ろし、映画監督の様にメガフォンを持って大声で叫んでいた。まず一番最初にステージに立ったのは、色白で足が短くて不自由な小母さんだった。小母さんは、ピンクの透け透けの衣装を着て妖艶なダンスを踊った。透け透けの衣装から靴の様なものが見え隠れしていた。目を凝らして、じっと見た。なんと、手も足も大きな蹄が付いていた。春さんが茶色の椅子をニタニタ笑いながらステージの真ん中に出すと、色白の小母さんはその椅子に転がり込んだ。懐中電灯をスポットライトの様に浴びると、ベティーちゃんみたいに可愛らしく蹄で投げキッスをしてみせた。青柳さんは、あまり怒ったりしないで終始、

「千代さん、色っぽくね」と繰り返すだけだった。

二番手は、色黒のひょっろとしたおじさんだった。おじさんはボロボロの服を着て浮浪者のようだった。右手には錆びて変色した栓抜きを握り、左手には大きな竹籠を持ち足踏みしていた。私と明子は、おじさんが喋りだすのをハラハラしながら待っていたが、一向に声が聞こえないので、

「げっ、おじさん上がっとうっちゃん。大丈夫かいな」と言ってしまった。直ぐに青柳さんが、

「横山君は、耳が不自由なんだよ。でもここには、おじさんのナレーションが入るんだから大丈夫だよ！」といきなりオカマっぽい笑顔を見せた。暫くして、何処からともなくザラザラとした音楽が聞こえて来た。耳を澄ますと、

「貴様と俺とは　同期の桜
　同じ兵学校の　庭に咲く
　咲いた花なら　散るのは覚悟」

のところで、青柳さんが手招きした。すると、ステージの後ろから薄汚れた白い犬のぬいぐるみが投げ込まれた。おじさんはそれを確認すると、さっと身を翻して竹籠と栓抜きを手にしたまま上手に匍匐前進でぬいぐるみに近寄った。おじさんは、人が変わったかのように乱暴に白い犬のぬいぐるみを竹籠の中に入れた。もっと驚いたことに、またそれを直ぐに引き摺り出して、栓抜きで殴り始めた。

私が思わず、

「えっ、おじさん、どげんしんしゃったとかいな?」と声を出すと、

「ふっ、ふっ、大丈夫よ！これは、演技なんだから」と青柳さんは嬉しそうに小指を立てて笑った。それを聞い

た私は、安心してほっと胸を撫で下ろした。すると、明子が意地悪そうな笑顔で、私の右肩をつついた。

「ねぇ、おじさんがボコボコにしよったぬいぐるみ…あれ、美枝ちゃんが宝物にしとる〝スヌーピー〟とおんなじやったねぇ」と、私が今一番言われたくない台詞を吐いた。煮え滾る心とは裏腹に、涼しい顔で、

「へぇ、そうかいな？　目も鼻もないし、きっと大きさが似てるだけやないと…」とごまかした。明子はわざわざ、おじさんの足元から白い犬のぬいぐるみを掴んで持って来た。

「ねぇ、美枝ちゃん！　ちゃんと見て！　これやっぱり美枝ちゃんが、ピンクパンサーの次に大事にしとるスヌーピーのぬいぐるみと全くおんなじやん」と、しつこく言ってきた。私は、自分の宝物を馬鹿にされたような気になって、「しゃあしいったい！」と、白い犬のぬいぐるみを明子の顔に投げつけた。

「なんするとー！」明子は私を思い切り突き倒した。私が明子の髪を引っ張ろうとしたところで、春さんに両手を掴まれた。

「こら、お手伝いに来たもんが、掴みあいの喧嘩なんかしよって！　もう、二人とも、おばちゃんが連絡するまで来たらいかんよ！」と、二人ともあっという間に、外に放り出された。

　私と明子は、この日から絶交した。学校の廊下や合同の体育授業で一緒になっても、お互いに目も合わせなかった。学校でも家に帰ってもぱっとしない日がひと月くらい続いた。

仲直りの放生会

九月に入ると少し涼しくなったようで、玄関先で花の終わった朝顔の葉がやけに青々と見えた。その真下にある錆びた手塗りの郵便受けには、赤い袋の様な物が押し込められていた。私は、少しだけ期待して袋が破れない様に丁寧に取り出した。外側には、大きな文字で、「美枝ちゃんへ」とあった。中には、黄色い鳥のぬいぐるみがあった。よく見ると、スヌーピーの横にいつもくっついている〝ウッドストック〟という鳥だった。他に黄色い便箋があった。

「美枝ちゃんへ
お誕生日おめでとう！　それから、このチケットは春さんから預かったもんやけん。筥崎宮の放生会で九月十二日から一番奥の小屋でショーをするから見においでって
明子」

とあり、「ちりめん問屋一座」と書かれた赤い紙が入っていた。私は、直ぐに明子と春さんの処に走って行きたい気持ちだったが、いかにも子供っぽいと思われるのが癪だったから、明日お礼を言うことにした。

次の日、朝から明子に笑顔で「おはよう！　サンキュー」と言うと、明子よりも、喧嘩を見守っていた周りの友達の方がびっくりしていた。帰りがけに元の様に明子を待っていると、明子も直ぐに走って来た。

「ねー、やっぱし、初日の九月十二日に行きたいよねー？」

明子も同じことを考えていたようだ。

「そうやね、昨日カレンダー見たら土曜日やけん、学校が終わったらお小遣い持って天神バスセンターで待ち合わ

せね！　お昼は、放生会のハンバーグくじとはし巻きにしようや！」と張り切って言うと、

「すご－い！　私も美枝ちゃんと全く同じように考えとった」と返した。

その日から、九月十二日が来るのを楽しみに待った。

ようやく九月十二日の朝になった。私は早くから準備でバタバタした。何故かと言うと土曜日で学校があり、家に戻ってから着替えたりしていたら時間が勿体無いと思ったからだ。朝からよそ行きの服に着替え、フリフリの靴下を探し出して履いたりした。

私は婆ちゃんの「そげなよそ行きば学校に着ていかんでちゃ、よかろうもん」の言葉を振り払うように走って家を出た。学校につくと明子も私と同じように考えたようで、向こうも結構おしゃれをしていた。とはいっても、二人とも「ドクター・スランプ・アラレちゃん」のＴシャツだった。私は「則巻アラレ」で明子は「ガッちゃん」のプリントだった。

私が明子の方を見ながら笑顔で
「学校が終わったら駆け足でバスセンターの前のオロナミンＣの自動販売機の前で待ち合わせね」と大きな声で言った。明子のほうも上機嫌で、「あたりき！　あたりき！　うんちゃ！」と返事した。

私は家に帰って、ランドセルを部屋に置いてばあちゃんに小遣いをねだり、小さな手提げの中にもらった千円を入れてウキウキ気分で家を出た。行きがけに花屋でカーネーションを三本百円で買った。

バスセンターに着くとオロナミンＣの販売機の前で明子が手を振っていた。周りを見回すとたくさんの人がバスを待っていた。私たちもそのあとに続いた。三十分ぐらい待ってようやくバスに乗り込んだ。バスの中はたくさんのお客でごった返していた。私たちは一番後ろの席に腰かけた。バスの中で、私がばあちゃんと喧嘩をした話や一番上の姉と喧嘩をした話を喋っていたら、あっという間に目的地の筥崎宮に着いた。明子が

「私、小屋の場所、春さんに聞いとるけん、ついて来て～」と私の手を強く引いた。私達は、たくさんの人混みにまみれて見える当たりくじや射的の景品を気にしながら、一番奥の見世物小屋にたどり着いた。

　小屋の入り口には映画監督のように太い黒縁メガネをかけた浅黒いおじさんが、

「さあ～皆さん、この牛女！　透き通るような白い肌をした恐ろしいほどの美女」などと本当に恐ろしい顔で喋っていた。春さんは小屋の入り口でチケットを売っていた。すぐに私たちに気づくと、大きな前歯を出して手を振った。

「春さん久しぶり～　券有難う！」と言って花を渡すと、

「あら、おばちゃんが花なんか貰ったら、なんか申し訳ないね～」と照れながら、かなり喜んでいた。

「さぁさぁ、せっかくやけん、一番前の席で、大きな口開けて笑いんしゃいね！　それがあんた達のお仕事たい！」と言われ、春さんに押されて中に入った。前の一列には、もうお客さんが折りたたみ椅子に陣取っていた。よく見ると清川の「想麩蓮」という焼きそば屋で皿洗いを担当しているおばさん三人だった。私が少し驚いて、

「あれ、おばちゃん達どうしたと？」と尋ねると、

「私たちは笑い声のバイトばしよるとよ！」とニタニタ笑った。

「ほら、あんたたちここに小さい椅子置くけん、座っときんしゃい！　一番前やないと見えんばい！」と、春さんが大きな声で手招きをした。私たちは春さんが用意したステージの横に陣取った。座ると同時に開幕のベルが鳴った。

「皆さん、お待たせいたしました。ちりめん問屋一座のステージが始まります。お席についてお待ちください」と、怪しく低いおじさんの声がザラザラと響いた。すぐに会場の電気が消えて真っ暗になった。

　ステージの黒幕から、聴き覚えのある「マリリン・モンロー」の曲と共にピンクの透け透けの衣装を着た色白の

おばさんが登場した。

アイワナビ　ラヴドゥ　バイユー　ジャスティユー
I wanna be loved by you, just you
ノーバディー　エウス　バッ　トゥユー
Nobody else but you
アイワナビー　ラヴドゥ　バイユー　アローン
I wanna be loved by you alone
ププ　ビドゥー
Boop boop bee doop

それから、強い風が吹いて、おばさんのスカートが思いっきり捲れ上がると、白黒のホルスタイン模様のタイツを履いた大きなお尻が見えた。観客から、拍手がおきると、おばさんは、いきなり赤いロウソクの蝋をステージに飛ばした。観客がどよめきだすと、低い声のおじさんが、

「ちりめん問屋一座のアイドル、お熱いのがお好きの、『ウシリン・モンローちゃん』でした！」と喋った。

暫くの間、電気が薄っすら点いた。春さんが慌ててステージをモップで拭いていたが、また直ぐに真っ暗になった。たくさんのヒソヒソ話とガチャガチャした音の中、再び明るくなった途端、軍歌が流れてきた。山の絵の付いたカーテンから、薄汚い軍服と軍帽を被った横山のおじさんが現れた。顔も体もみえるところは、墨を塗ったみたいに真っ黒だった。右手には錆びた栓抜き、左手には大きな竹籠を持って足踏みしていた。ナレーションが流れ出

すとおじさんは直ぐにステージの下に隠れてしまった。するとカーテンの中から、鶏が現れた。いきなり、おじさんがステージに飛び上がり、鶏を栓抜きで殴ろうとした。私達が、「うわぁー」と言うと、また電気が消えた。低い声のおじさんが、

「ジャングルで二八年間、サバイバルしていた男、さぁ、この男ただ者ではない！」と何度も喋り出した。明るくなると竹籠の中に血まみれの鶏が横たわっていた。おじさんは荒々しく鶏の首を掴むとあっという間に羽根をむしり、血が噴き出て来る鶏の肉に食らいついた。観客が騒ぎ出すと、低い声のおじさんが、

「生きていくにはしょうがない！」と何度も呟いた。

「よっこいさん、最後にご挨拶お願いします」とマイクを向けられると、おじさんはニヤケ顔になり、ナレーションの声がいきなり渋い映画俳優の様な声になって、

「恥ずかしながら、戻ってまいりました」と流れると、いきなり電気が消えた。

「パンパカパーン！本日のメイン・イベント、ちりめん問屋一座が誇る『美川欽一のやぎ座の男』をお届けします」とナレーションが力むと、前列から一斉に拍手が鳴り響いた。

チャラランランと「さそり座の女」の前奏が流れると、青柳さんが派手なドレスを着て唄いだした。「さそり座の女」というフレーズのところだけは、「やぎ座の男」と声を出して唄っているだけだが、その前には必ず、真っ暗になった。一回目は、マッシュルームのカツラから、ハゲ頭になっていて、ドレスもおっさんの背広に変わった。二回目には、白塗りの痩せたおじさんが四つん這いになって、「メー」と鳴いた。客は笑ったり、ヤジを飛ばしたりしながら、入れ替わっていった。

舞台裏で青柳さんは、伊藤博文のお札のいっぱい入ったバケツに囲まれていた。私達がかなり大きな声で笑ったので、青柳さんから千円貰った。私達は、そのお金で鰻釣りをすることにした。虎やんがいるからだ。虎やんは私

達を見つけると直ぐに、

「ほら、これで釣ってみぃー」と竿を手渡してきた。私達は、あっという間に二匹ずつ釣り上げた。みんなから注目を浴びて、とても嬉しかった。外を見るとすでに真っ暗で、寅やんに時間を聞くと、八時近くだった。二人して大慌てで清川へ帰った。

突然の別れ

放生会の話もしなくなった頃、もうそろそろ何か事件が起きてもいいかなぁと思っていると、事件は起きた。土曜日の夜、八時過ぎだった。私は、楽しみの「ひょーきんぞく」というテレビ番組を姉二人と見ていた。すると、珍しく玄関の呼び鈴がなるので、窓から覗くと、春さんとぺぺやんだった。私が慌てて降りて行くと、春さんは少し痩せたようだった。そして、ほんの少しだけ涙を浮かべて、

「ごめんばってん、しばらくの間ぺぺやんを預かってくれんかな。おばちゃん横山さんと一緒になろうと思って…あそこの一座出て行くことにしたったい。落ち着くまで、虎やんにぺぺやんを頼んだんだけど…昨日から留守なんよ。おばちゃん、明日の朝、新幹線で福岡を出て、広島に住むことになったとよ！」と別れ話をしているわりには、少し嬉しそうだった。

私は春さんのために一肌脱ぎたくなって、

「うん、じゃあ分かった！　虎やんが来るまで、うちでぺぺやん預かればいいっちゃね～！」と気前良く言うと、春さんは、

「おっと、話が早いね〜！　有難う！　これ、ぺぺやんの好きな缶詰やけん」と玄関に置いた。玄関を出て振り返り、

「お墓もあるけん、盆と正月は会いに来るけんね！」と元気に手を振った。

三日後、家族全員にぺぺやんを内緒で預かっていたのがバレた時に、虎やんがようやく迎えに来た。

「急に春さんが出て行って淋しがっとる時にスマンことになった。実は寅やんも田舎に帰って、知り合いの養殖場で働くことになったったい！」

私が、怪しげな目で見ると、虎やんは、

「そうそう！　俺は、結婚することになったんよ！　でも、放生会には必ず顔を出すようになっとるけん！　ぺぺやんも連れて来るけん、必ず会いに来いよ」と照れながら、手招きすると、ボブの小柄な女の人がチラッと頭をさげた。私も慌てて、頭を下げた。私がぺぺやんと寅やんを見送っていると、女の人が嫌な顔をした。私は少し、虎やんのことが心配になった。でも、どうすることもできなかった。


半年経って清川のパン屋さんで、青柳さんと会った。春さんはその後、横山さんに騙されて、たくさんの借金を抱えてしまったと訊いた。またこの〝女狐の鳥居〟に春さんは戻って来たらしいが、別人のようになって、誰とも口を利かなくなったらしい。或る日、清川公園の入り口でずいぶん痩せてしまった春さんを見かけた。私が慌てて声をかけようとすると、逃げる様に〝鳥居〟の奥へ走って行った。

いつの日か

二年後の九月十二日、ひとりで放生会に行った。一番に見世物小屋に入った。なんと春さんは、ちりめん問屋一座のメイン・イベントの「ヘビを食べる美女」に抜擢されていた。帰りがけに話しかけたかったが、鏡越しに見えた、春さんのマジックで描いた目は、もう、昔の春さんではなかった。

私が昔の春さんに出来る恩返しは、虎やんを見つけて、ぺぺやんの無事を確認してあげる事だと思った。

あれから三十年、ぺぺやんと虎やんを見つけることは出来なかった。しかし春さんはちりめん問屋一座の女座長として顎でたくさんの男達をこき使っている。清川でも有名な鬼の女座長だ。

清川に流れるこの赤い川に、麦藁帽子をかぶった私の姿が映った。疲れた蝉の泣き声の合間に女座長の怒鳴り声が聞こえる。もう一度川に目を落とすと、中央に脱皮しかけた白蛇が泳いでいた。小石を投げると小さな赤い目で懐かしそうに睨んだ。しかし、新しい鉛色の頭部で水中に潜ると、いいねぐらを見つけたらしく力強く潜って行った。逞しい気泡と共に脱皮した白い皮が音を立てて浮かび、直ぐに消えた。

橋の下を流れる逞しい赤い川が、赤線だったこの街の宝物だ。その赤い川から不思議な音がする。

私は大人になっていく度に、清らかな川の音を聞きに行った。

平成二五年度福岡市民芸術祭文芸部門（小説）選評（抜粋）

東　直子

（二〇一三年一一月「市民文芸」第49号（『文芸福岡』第2号所収）より転載）

子供時代を福岡県で育ちましたので、そのころの土地の匂いを思いだしながら、すべての作品をしっかり読ませていただきました。

小説には短編と超短編があり、内容も純文学的なものから、エンターテインメントよりのもの、時代小説、ＳＦ仕立てだったり、民話風、ライトノベル風など多岐にわたり、読むのは楽しかったのですが、賞を絞るときに何を基準にすべきなのか迷いました。

最終的には、作者の個性が生かされ、小説として訴える力があるか、という点に重点を置かせていただきました。全体のストーリーもおもしろさはもちろんですが、一文ごとの文章で引きつけることができれば、優れた小説になるということを痛感した面もありました。

福岡市長賞作品の「清らかな川の町」は、昭和四、五十年代の福岡の歓楽街で働く人たちのリアルな姿を、そこに住む少女の目を通して生き生きと描き出していて、読みごたえのある作品です。

地元の人々の交流を描き、実に個性的な人々が次々に登場します。そういう人たちを、きれいごとばかりではなく、猥雑さを臆することなく描き、ずるさや怖さ、弱さを描いた上で、ある種の愛らしさへとつなげる描写力がすばらしいと思いました。

福岡弁をさりげなく生かした会話は、味わい深くて胸に染みました。読み終えたあと、切ない余韻がいつまでも残りました。読後にタイトルの意味が違って見えてきます。

初出

平成二五年度福岡市民芸術祭文芸部門（小説）福岡市長賞受賞作
「清らかな川の町」（「市民文芸」第４９号（『文芸福岡』第2号所収））二〇一三年一一月
「清らかな風の吹く町」（福岡県人権研究所機関誌『リベラシオン』一五七号所収）二〇一五年三月
「柳と三日月」（福岡県人権研究所機関誌『リベラシオン』一六二号所収）二〇一六年五月
「ぺぺやんと寅やん」（福岡県人権研究所機関誌『リベラシオン』一七一号所収）二〇一八年九月

単行本化にあたり、一部、加筆・修正しております。
（未発表作）表記のあるものは本書が初出です。

※本作品は著者の幼少期の体験に基づいて創作されたフィクションです。実在の地名・人物・団体とは一切関係がありません。一部、今日の人権意識から見ると不適切と思われる差別的表現が含まれている個所がございます。しかし、綺麗ごとだけでは当時の人権状況を語ることは出来ず、著者の体験に基づいた当時の時代背景と作品の歴史的価値を尊重し、できる限り改変を加えず、原文のまま表記することにいたしました。何卒ご理解を賜りますようお願い申し上げます。

著者紹介

岩崎　美枝子　（いわさき　みえこ）

清川の実家「カフエーふじ」を中心に、人情味溢れる清川の人々を描いた処女作「清らかな川の町」で平成二五年度福岡市民芸術祭文芸部門（小説）福岡市長賞を受賞。続編として、『リベラシオン』157 号に「清らかな風の吹く町」、同誌 162 号に「柳と三日月」、同誌 171 号に「ぺぺやんととらやん」を執筆。高校時代にスカウトされ、福岡のファッション・モデルとしても活躍していた。現在は「清川」を舞台とした「清らかな町」シリーズを執筆している。

【謝辞】
本稿の執筆にあたって、矢野寛治先生に多大なご指導を賜りました。
心より感謝申し上げます。

清らかな川の町
花街の小さな女戦士

2025 年 4 月 13 日　初版　第 1 刷 発行

著者　**岩崎美枝子**

装画　**ツマヨウジ**　　DTP　**魚住瑞恵**

カバーレイアウト・本文構成・編集　**田中美帆**

発行　**公益社団法人　福岡県人権研究所**

※「菜の花」は（公社）福岡県人権研究所の絵本・ブックレット・小説・エッセイ等の単行本のレーベル名です。

〒812-0046
福岡市博多区吉塚本町 13-50 福岡県吉塚合同庁舎４階
Tel　(092)-645-0388　FAX　(092)-645-0387
(URL)　http://www.f-jinken.com/
(E-mail)　info@f-jinken.com
振替 01760-9-011542 番・福岡県人権研究所
印刷・製本　モリモト印刷株式会社

ISBN 978-4-910785-26-4　　C0093　　¥1600E
定価 1760 円（10％税込）（本体 1600 円+税）

日本音楽著作権協会（出）許諾第 2501544-501 号